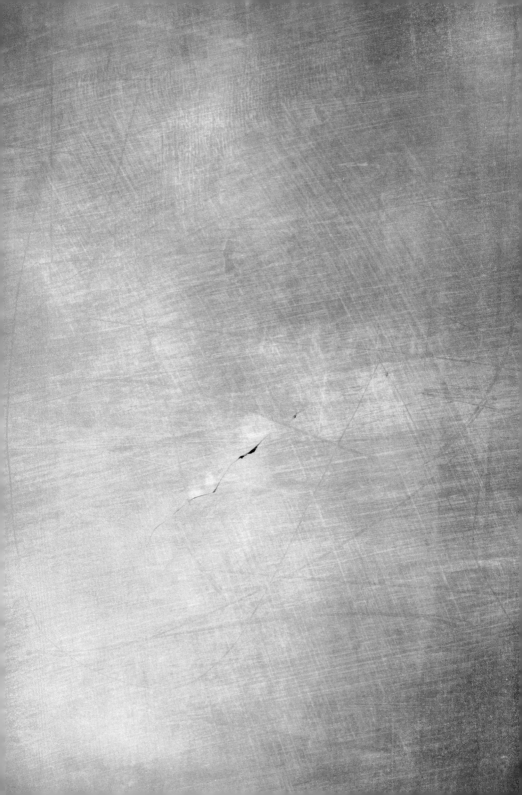

光與影的微縮城市

吳建樑

深刻與廣闊的都市繪頁
——序吳建樑詩集《光與影的微縮城市》

/向陽

這是一本書寫都市的詩集，同時也是一本通過光與影的交錯呈現城市的偉岸與錯亂的浮世繪。

吳建樑是傑出的青年詩人，曾先後獲得磺溪文學獎新詩獎、林榮三文學獎、文建會「好詩大家寫」徵詩獎、台北大學飛鳶文學獎。他從高中時期開始接觸詩，進入台北大學之後加入文藝社，開始了新詩創作；進入北教台文所之後，成爲我的學生，也擔任過我得力的助理。我知道他寫詩，也鼓勵他寫，期待他出版標誌自己詩作位置的第一本詩集。經過多年之後，他以他的結集詩集申請國藝會文學出版補助，在激烈競爭下，脫穎而出，獲得通過，因而有了這本詩集的誕生，作爲他的老師，我爲他高興，也以他的成就爲榮。

這本詩集收錄作品的跨度很長，寫作時間大約從二〇〇五年到二〇一七年，前後十二年，不能不說是艱苦經營所得。建樑是內斂的詩人，寫作態度嚴謹，不輕易發表，收在這本集子中的詩作，可說是精挑細選、汰蕪存菁的結果。我讀他的詩，發現他是一個頗有自覺的寫作者，他以詩人的敏銳之眼，試圖抓攫台灣在資本主義運作邏輯下呈現的現代性，細膩考掘現代都會文明的萬端顏彩，透過詩來呈現現代人內在心靈的失落和扭曲、希望與夢想。收在這本詩集中的作品，大抵以城市書寫為主調，很鮮明地表現了吳建樑作為城市觀察者的詩人角色。書名《光與影的微縮城市》已經清楚點出了這本詩集的主要題材和特色。

以他大學期寫的詩〈我擁有整個城市唯一的靜謐〉為例。這首詩表現了青年詩人的敏感，帶有異國情調，通過對話，描寫了從彰化來到台北的詩人對於都市的感覺，詩中「這就是我們的城市，渺小又巨大。/隨著腦波的頻率/擴大擴大，卻永遠無法/殖民於另一座螢火般的城市」已經展現了他此後城市書寫的路向。收在本書輯二「這個城市沒有蝴蝶」的多篇詩作，則更精準而具有批判性地表現了後資本主義下的都市臉容，如〈自由最後的國度〉：

來，讓我們向Guevara致敬，關於摩托車
以及橫越千里的浪漫
社會主義難以維修的理想
被丟棄的行囊
任高樓擴張擴張。
資本橫流年代不可告人的密謀
壓縮人頭扁扁小小的，連同自我
街道愛上屬於鐵盒子的進行曲
軌道從此是乾癟人頭的愛
（中略）

向那退成消費符號的紅星行注目禮
不再需要雪茄、日記本、一杯家鄉的馬黛茶
只有貫徹自主的摩托車
將心野成陣風
就能就能發現自由主義最後的樂土。

這首詩表面上寫的是切·格瓦拉（Che Guevara）的革命，以及資本社會對格瓦拉的崇拜，實際上則指向「社會主義難以維修的理想／被丟棄的行囊／任高樓擴張擴張。／資本橫流年代不可告人的密謀／壓縮人頭扁扁小小的，連同自我」這種資本社會的殘酷。另一首〈被遺忘的城市〉也是佳作，「這是座孤寂的黃金城／所有的垣柱都堅硬挺直／但是所有的智者也都已經離開／閃耀著太陽色澤的建築／將逐漸長斑　逐漸黯淡／在陰影下，老舊的文明只是地殼一層／等待被發掘的地方」，這首詩對於都市和知識考掘的弔詭性提出了質疑，相當耐讀。

除此之外，吳建樑同時也試圖建構一個夢中的想像都市。異於前一個世紀現代主義影響下的都市詩，他將筆端置放在日常的、現實的生活瑣碎事務中，描摹現代都市的冰冷和茫漠，呈現了跨入二十一世紀之後都市的宏偉與虛妄，以及現代性的膨脹和空無，並且刻繪了後工業都市啃噬人性尊嚴的本質。〈都市的歌〉這首詩以六個小節描繪都市的六個面像：「聲影幢幢的擁擠熱島／除了灰煙朦朧／日光之下，什麼都不實在」，寫都市的虛幻；「黑色的人頭破碎肢體／搖擺，填滿遠景／普普都市普普眼睛」，寫都市的虛妄；「每日洄游，路線總是相同／偶爾嘗試新混搭的動線／乘著洋流的便車／在昏睡中乾爽滑行」，寫都市日常的空無；「一起高喊自由的搖滾只持續幾個街角／音樂就忘記了／忘記剛剛吶喊的口號／在轉過彎的麥當勞吹冷氣」，寫都市的茫漠；「相處是一種恐懼／醜陋的生活開出新的美學」則寫現代都會的情愛與善變。

都市詩之外，吳建樑這本詩集中也有包括政治諷喻、社會和鄉土題材的詩作，作爲新世代的詩人，他擅長以語調活潑輕快，卻又隱藏無奈與悲哀的語法，嘲諷當前台灣的諸多亂象和政治現實。一方面，他擅長以現代主義的筆法向內挖掘都會生活中現代人的孤寂；

另一方面，他也擅長以寫實主義的諷喻手法，揶揄現代都會生活的虛假和單調。他的詩，交融了現代主義的深刻性和寫實主義的廣闊性，他寫生活、寫愛情、寫政治、寫歷史，也寫死亡、寫荒謬、寫孤獨，將之總縮於都市的空間中，開拓了都市詩的多樣、繁複與龐雜的可能空間，讓我們看到了新世代詩人對都市文明的新的闡釋。

這是一本耐讀的詩集，光影交錯的都市，微縮於一篇篇詩作之中，單篇有單篇的靈光乍現，合爲一集則如畫帖，如繪頁，摺疊著都市的千姿百態、現代人在巨大帷幕光影下獨行的渺小身形。

目次

輯一　這個城市沒有蝴蝶

輯三　始新世

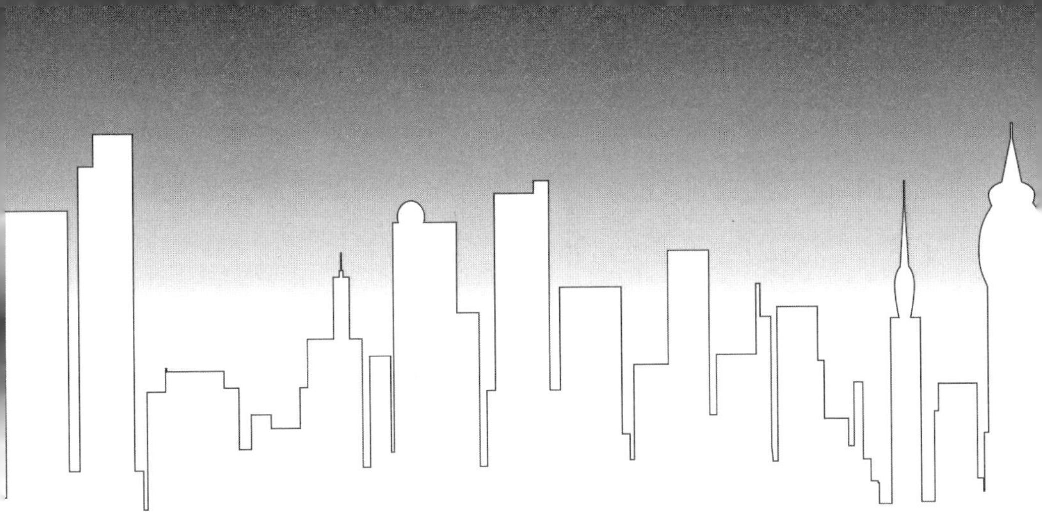

輯四　碑文注

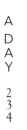

輯五　考古

光與影的微縮城市　19/18

輯一 沙灘上的腳印

我擁有整個城市唯一的靜謐

小小的空間覆蓋著
三座礁石、五株綠蔭和
無限蔓延的沙灘
獨特的市街　鎔合
古希臘、波西米亞以及
一點點的後現代

天氣好的時候
我喜歡在A岸沉思
燃著雪茄　一派憂愁的格調
思考天圓地方的神秘教義
然後重重睡去……

Ｂ岸是遊樂區
睡醒後必定巡視的區域
從Ａ到Ｂ，優雅的兩秒鐘
沿街的小販兜售廉價思想
清醒，是必須的。

我們聊及Ｎ。
Ｎ是城市的常客
除了義大利麵，攀登礁石是唯一的興趣

然後
心滿意足地
在市政廳門口的吊床
假寐

假寐醒來，訕訕的
像夢見什麼
獨自吐著陰鬱的泡泡
當我透露對詩的興趣時
你什麼也沒說
呵欠連連

這就是我們的城市，渺小又巨大。
隨著腦波的頻率
擴大擴大，卻永遠無法
殖民於另一座螢火般的城市
「與世無爭」。
你的嘴角透露些許自得

我慢慢體會貝殼裡的浪濤
以及整個城市的靜謐

第一屆台北大學飛鳶文學獎佳作二〇〇五・五

即將到來的王國

別害怕，μ，我們所擁有的
遠比失去的更多。
即將到來的王國
複數型是不加「s」的
價值卻更爲巨大

當問題不再以「?」或「!」發出聲音
理想的你，μ
是否還糾結於世襲的情感
等待
故事中曾經遺失的
一塊拼圖

除非死亡。
想像以及更多的不安
如同讖語
動搖西齊佛的滾動
雕刻我們惶惶的眞相。
除了死亡，無法停止推石
然而終點永不到達

儘管如此，μ，失去的
和即將到來的王國
只是浮光。虛線的μ……

我們還沒忘卻「唉」的發音

二〇一〇・十・十六修

颱風二號

雲層、淡黑、移動向南
偶爾自隙縫中漏出
久違的薄光，旋即躲開
堆積在厚棉被中，以灰色蠟筆
畫出塵垢，以狂嘯姿態
卻彈不下
那風生水起的龍

颱風是浪漫的，像 μ
不容易馴服
改變世界是共通的口號，在大地

在心中橫掃
然後　留下一櫃傾倒的信
一池淚水，就走。

其實我喜歡颱風。
節日的隔天永遠是個謎
可能是冬眠的幼態，追著毛球的
貓，唉，也可能是尚未
投遞的信。
換個角度說　擦拭以流動
風、水，棉被和愛人
都是相同的柔軟，像風像水
像愛人的吻

愛人的雙唇，總是狂暴而溫柔
今夜適合最半醉的姿態
縱容自己醒著，和μ
談論他的作品論
「乳酪的熟成也是要放對環境……」
論點正確。μ益發香甜可口

和浪漫對撞，微醺
另一半醒著適合閱讀
一櫃傾倒的信，也適合打翻
漫著水漬的鹹鹹日記，
接續
一湖一湖的，歸零的世界——
鎖在原點的記憶。

音樂塞滿聽覺，只有斷句
醒著，緊緊擁抱惺忪
溫柔已經疲憊，仍捨
不得關閉

然後是寒冷的修行
黑色蠟筆繼續蔓延，在棉被上
賴床麻痺所有問題
眼瞼的一個張合，就可以
捲起溫柔的風壓
如水柔軟
如愛舒緩

將朵朵烏雲收藏起來，以瓶瓶罐罐

都是蒐藏家的
隱喻的光輝
μ，那些足以織出最溫暖的圍巾
和下一輪的
寒冷備忘錄

二〇〇五・九

長廊

所有的記憶都已腐化
走成一條長廊，順勢前進
兩側的水泥窗格透不進一點光與影的變換
但世界早已睡了又睡

黃槿編織成的異地，不住想起
變奏的調子，迷離彷彿一攤蒼茫水霧
分不清楚，蒹葭邊站個什麼人
依稀。夢中的房間。我記得。
所有的寒意親親撫慰我
卻更寒凍，急得哭成雨來

下山的步伐穩穩
布告欄一線又一線掠後，關於光的源頭
卻始終像遙遠的傳說。「好久
好久以前」那個豔陽的笑靨

那串呼吸像是螢火點點
閃爍的記憶，微弱指引
徘徊腐草手刻的碑文
關於下一世，
與下下一世的黑夜

二〇〇八・一

原野

每個人心中都有一片原野嗎？
是狗尾草
還是　一片白絲的蘆芒
哭著告訴你　關於
我草原的枯黃

夜晚的風陣陣催化
月光打開羊欄
小心鎖起的純白
啃囓著　踐踏著我們
細細呵護打滾做愛的皮草

無法阻止的蒼白
狠狠破壞我的平衡（以及發酵的秘密）

佛前的一劫重新造化
你說每個人心中都有一片草原，不是？
我用四座綠洲填補缺口
養著羊　魚　以及沙漠
不曾毀滅也
不曾學會

歷史

我們走在歷史的側腹
開創，以巧思命名
每一吋土地
看，挖掘出的獸骨
我們拼湊出史前的恐懼
然後重塑瓦壺中的故事
那是祖母的祖母，口中禱念
再現的輝煌文明
一種古樸的美，歷史
悄悄而至
既清晰，又深陷其中

手握著地圖一份
滿是蛀漏的指示失去路標
甚至連開創都來不及
我的歷史在哀嚎
在這張忘了標示方向
簡單、泛黃又
小聰明的字陣

我們甚至無法確定
開始的形狀
以及漂過的淚水有多麼冷。
歷史缺乏存在感
而小眾開始預言
塔羅、撲克、水晶球的組合包

永遠缺乏一雙手
去溫暖彼此

自我放逐，像極了屈大夫
歷史會在你放棄之前
吞噬，以大口又無形的口臭
再分不清是我，對他
抑或別的靈魂。
血滴成個「廢」字

二〇〇五・十二

絶句

我夢著，以最敏銳的大易之數
解構最深的沉痾
但我缺乏一棵松，預言中的
一段必須。
（當然，童子本身可能是僞裝）

面對不可求索的問句
省略夏宇，甚至是更多
失去鑰匙的房間
偷窺是必要
我卻學會淡然，不想在象數之間

取得信心，即便松樹它
無聲無息地矗立
（童子說：「老師雲遊去也。」）
只在此山中，
雲深不知處。

二〇〇五・九

甲骨文

我畫著甲骨文
享受上古貴族的氣質
線條的形成曾經是個謎
不拘一地的筆法
被我泡進想像的錫蘭紅茶
濃郁的溫暖
握著仿若隔世的煙

我喜歡因妳焦慮。
漆黑的夜空像上古
像上古一樣沒有邊界

也像孤寂。
沉沉的音樂陪我轉啊轉
爲不可能出現的號碼
換上飽漲的電池
爲我發顫的身子
守夜

（喂喂？有人在嗎？）

只要慢慢刻著高貴
文化便從字句的刀痕中產生嗎？
也許會抱怨健忘
或者雙重標準之類的
但我已忘記親吻石壁需要做功

多少焦耳，以何種角度
疼，來自舊時代的報復。

時光的旅行沒有邊界
散亂的焦慮開啓
寂寞的鑰匙丟失在緊迫的天邊
我發現，這一夜是死灰的。
救贖的光亮尚未登場
刻著甲骨文的手
在昏暗中，刺了個紅

二〇〇五．十二

連續劇

我們的連續劇有沒有終結的時候？
肥皂泡內演出的情節　以及
情節，碰撞或是相黏合
陽光燦爛，曬出各種顏色的飛行畫面
裝載著一只遺失的鞋、紅色唇膏
拒演而偽造的死訊

我們的連續泡泡有沒有持久的時候？
相同的吹出方式，不動搖的原理
卻總是脆弱易破。
不斷吹出新的故事，連出一串

舊的動作舊的對白
在碰到天空之前，爆炸
一如往昔

二〇〇九・四

寫給這個下午

用鰓呼吸，沉溺在
理所當然的空氣，吐著白沫
不會感覺痛苦，生活的刀子銳利來不及尖叫
來不及　感覺
殘餘一絲絲的難過，拌在寂寞的
繁榮的城市通衢
悄悄黏在理智的腳底板下

只得提示自己仍在呼吸。
提醒記得追獵各國各式的晚餐
鍛鍊味蕾，大把大把的香辛調味

讓各種顏色的果汁和各級茶品
在胃裡交纏舌吻
溶化在彼此體味的愛戀
因甘美而遺忘
然後，被堅硬的便秘提醒自己
擴張痛苦或者破裂
血紅色的暗喻

必須告訴自己仍活著
花費更多的錢來告訴自己
購買快樂並不難，走路和握手也是。
花費時間沉迷電動
花費更多的時間電話聊天，或隔著網路
假裝愛上一個人

告訴自己仍然懂得眞愛
而活著，收銀機的聲音
喀答

下一段的提示在哪裡？

手機沒電、電子信箱打不開、第四台
無聊地說說笑笑一整天
暴跳、煮咖啡、大聲歌唱、排放幾斤二氧化碳
更多找不到座位的魂魄竊竊私語
快逼瘋耳膜的靈騷
是個連烏雲都不肯耍狠的空曠下午
冰箱轟隆隆、還沒買的西瓜、一下便停雨
整個悶熱傾倒在荒蕪的時間
勉強發現活著該做些什麼，想抓住什麼似的

寫給這個下午

那是沒有困難的泳姿，只有醜陋。
在魟緣游走，看不清楚裡外的世界
跳魟的勇氣尚未生產
傍晚也過了一半
生活就是生活，離不開水的魚
不經意吐出濁氣，擺擺尾鰭
毋需刻意感受的活著
失去知覺，最後

二〇〇八・七

颱風雨

一

乳白的鐵絲織成水網
狠狠地刺擊每一張空白的臉
將皺紋泡得發脹
鼠灰色的天空快速移動
翳住了所有的眼睛
紅燈停止不了風
捲起一道快速擺盪的簾幕
墜落，在十字路口躺成湖泊
漣漪快速前進恍如幽靈船艦迫近
切穿每一吋雨衣

二

該走哪一條水道回航？
哪一道橋樑的色澤會更明亮？
攤開手掌，拈一枝雨籤決定
放棄固執的乾爽帶來更大的喜悅
讓肉體隨雨滴滑落
滴溶在半涵水的泳池
他們是來自太平洋的客人，參訪都市
遠方塔樓閃爍信號，自空中降落
而我們也坦然以肉體親近
那些聽過風聲的朋友

三

房子隔絕了過多的水氣
穩穩擁抱著回家的心
潑灑的風雨遂黯然離去
繼續下一個邀請
直到大家騰出時間，傾聽這大型演出。
午夜之前，所有座位都安頓好
調暗燈光，安詳地等待一場音樂會
在寧靜的前奏時刻，閉上眼
複習每一段熟悉的樂章

《新地文學》第十二期，二〇一〇・六

黑雪

我們在熾熱的日頭下舉辦儀式
粗麻白衣，一如冬天寂靜
繞著火桶的臉長滿成吋的鬚
乾焦如草蓆般酥脆
桶中蜷曲的火光嘶嘶地爬上灰燼
世界降滿黑雪。

在炎熱的冬天，送你最後一份禮物
白鬍子的家人們戴著白色帽子
咿咿呀呀的嗩吶和二胡是信差的鈴聲
乘著香篆畫成的花鹿

送去，紙錢紙樓房和紙糊的僕佣。

死亡的儀式近於新生
一樣餽贈禮物，一樣下著雪
聖誕鈴聲響在溫暖的冬夜
我們只能冰冷地送你禮物，以火
以飄滿髮茨的黑雪。

從此在每個送禮的時間都應該微笑
相信在火光中閃爍的訊息
那灰黑的雪，僅僅是這世界的分解

《新地文學》第十二期，二〇一〇・六

詩

詩意隨文字舞動
指尖卻握留不住這把呼吸
緊攏的眉刻成峰巔，抿起嘴
凜冷的表情還沒睡醒
文字手拉手在頭頂又叫又跳

將他們吞嚥下去。
所有的音節都潛入殷紅的左胸　跳動
隨著韻律走進每支纖細脈絡
輕叩門扉，你說：
「覓一片清涼，泅泳。」

游成一首詩。

花瓣入水都彈起了波紋
但，唉，我攜帶的文字都笨重
沒有水花深深沉入
詩韻，無聲

二〇〇八・九・五修
《新地文學》第十二期，二〇一〇・六

小說

來，靜靜閉上
我們的愛情在眼皮底下公演
哭笑與哀樂
一世紀的回味，再一世紀排練

小說的情節，緩緩
醒在每一次眨眼的瞬間。

二〇〇八・八修

冬

生活是斷了觸鬚的螞蟻
不知爲了哪顆糖、跟隨哪個隊列
前進，漫無方向地爬行
在精神的冬天，各種風暴網狀包圍世界
但我們沒有存糧，如同寓言
親近中慢慢疏離
任憑文明黯淡老去
文字的世界靜靜地等待
等待所有的住民回歸
殷切地敲門

文字的發聲

一

發黃的文字排成虛線
歪歪斜斜地藏在草稿底端
模擬被棄置的心境
悔恨躲在水漬底
缺角發皺
不敢逼視的事實斜刺出來

二

我們總在最高妙的字句前

讚嘆，卻忘記提筆
任憑離去
但我們也相信韻律會再經過
探視富含詩意的眼光

三

在思緒的河流垂釣
文字載浮載沉
用心做成的餌盡是掛上不眞切的句子
過多的片段漂流
索性放棄　發呆
看著遠端的雲
發現自己沒想要釣起什麼

慾望與貪心是不屬於河流的物種
只能以文字放養　餵龍

四

生活鑄造的活字版
忘記如何排列文句
沒有上天賜與的詩句浮現
除了疲累，沒有一個文字願意跳出來靠近我
我試圖回到昨夜的靈視
卻只剩空洞的節奏，頹靡的行距
以及發誓永不死去的
右手精靈

輯二 這個城市沒有蝴蝶

瓶罐

好不容易收藏來的愛情，瓶瓶罐罐
嘴角上揚的光暈被捲了起來
藍色、紫色、灰色、紅色，各自醃著橄欖
放進深夜冷藏

偶爾試個滋味，妳的美麗
在瓶罐裡苦澀熟成，摻一點蜜語
期待各種變化的滋味
親愛的妳，妳喜歡新鮮口感還是罐裝漬物？
保存的期限尚未刻上
而哪一個罐子才會釀出醉人的酒
陪我老的時候　乾杯

第十屆磺溪文學獎新詩獎二〇〇八．六

鹽

撕扯與哀嚎鋪上眼前，剩一片白
失望刻上神經
抽顫的靈魂渴望加速
加速超過每一瞬甜膩的笑靨
給。
給一玻璃杯的水，熱過雙唇
補充決出眼眶的想念

或許該加點鹽。
淚水汩汩，不僅僅溫潤濕黏
還有化不掉的無色的鹹

給一杯淡淡鹽水
要將所有被遺棄的被風乾的
重新收回

在每個十二點的夜，臨睡
多喝一杯溫水，會不會
沖淡過期淚水的鹽度
安心好眠

再撮取點新的鹽。

第十屆磺溪文學獎新詩獎二〇〇八・六

午後。

一個人醒在眾生沉寂的午後
不用鏡子，也毋須對話
相似的鏡頭帶到兩年半前的午夜
訴說被進行，我們聽椎名林檎的高跟鞋　喚起
無人電梯：「五樓到了，電梯向下」
多少陰森敲打夜不歸人
那是一個狠狠閉嘴的深夜
像儀式不許多言

白日的歡樂被擲進昨天永不到站的電梯
在靜寂的公共舔舐私己

幽暗的長廊畫出影子在跳舞
剪裁每一份笑容，自在放個響屁。
這是一個眾生皆睡的午後
而我是僅存的猥褻者，清醒
書寫褻瀆而　愉悅

我喜歡泡在白天喧鬧沉寂黑夜的池子
以沉默漂浮
濾掉一身的標籤汙垢
沒有他者，自足完滿地愛戀著
白天裡公共，私有沉寂，一個人
跳起舞來也沒關係，好好打散包裝過的
符碼，被愚蠢認定的膚淺關係

然後再多一點，再一點BASS來撕扯
沒有聲響沒有安靜。
設計一條捷運，在右手邊的半空響過
我們耽溺於與黑夜的對談
寂寂絮語的矮房子，音響的蘋果樹
自開自落，也學陳小霞獨舞
世界如融冰萎然謝地

再不需言語。
光線、松針、潮濕、翻頁、腳步、戲謔
夜裡找白天找
一併沖進馬桶，以順時針的舒暢
寫進眾生的傍晚

第十屆磺溪文學獎新詩獎二〇〇八・六

自由最後的國度

來，讓我們向 Guevara 致敬，關於摩托車
以及橫越千里的浪漫。
社會主義難以維修的理想
被丟棄的行囊，任高樓擴張擴張。
資本橫流年代不可告人的密謀
壓縮人頭扁扁小小的，連同自我
街道愛上屬於鐵盒子的進行曲
軌道從此是乾癟人頭的愛

來，各位迷路的，讓我們爲貝雷帽的圖騰掉幾顆眼淚
就好
那一年的壯遊將摩托車騎到現代

我們找到新的抵抗
新的圖騰，新的自主性
穿梭在進行曲邊的驚嘆號：我們扭、塞、壓、闖、
抗拒一切既定的曲式
我們鑽成休止符，鑽成一聲幹你娘
以交通後設的壁畫人自居
時時點出，軌道生活中愚昧的色澤

向那退成消費符號的紅星行注目禮
不再需要雪茄、日記本、一杯家鄉的馬黛茶
只有貫徹自主的摩托車
將心野成陣風
就能發現自由主義最後的樂土。

第十屆磺溪文學獎新詩獎二〇〇八・六

換日線

在空中畫條線，切割
日升日落的起承轉合
度量溫柔的使用密度與微笑比例。
在巷口的紅綠燈下讀秒
在晨會與講解的酒窩
在手機鈴聲預告的溫暖與不耐煩
以及夜風的時速，一天
從層層的刻度中擲回
重重留下整個世界的疲憊

夜間二十三時，身體換日線

大步跨過。
瞌睡蟲沿著睫毛垂降
試圖關閉所有對話的視窗
你在線的那頭，我在
這頭，換日線尚未爬過。
你已隱沒在黝黑的明日
線外所無法碰觸的，夜間二十三時

在明日囤積微笑的酒窩
太過深邃而無法進入。
讓我用詩的節奏堆疊，夢中電話亭
跨越換日線的時區
等你，回應，輕輕一聲
「晚安，好夢。」

在早安時分並行跨出
嶄新一天的溫柔

第十屆磺溪文學獎新詩獎二〇〇八・六

驚蟄

遲到的春雨在清晨洩落
一窗蒼藍，刺進
瞬急的白光
紅鳩噤聲
震雷轟轟來也。

驚蟄，貪睡的肉蟲悠悠轉醒
遲到十三日的節氣
暴躁降臨
陣陣摔落的水滴，鼓著鐵皮
在密閉的房間潮濕耳朵

節氣，捲起向陽《四季》受雨的塵土味
任舌尖撥弄，滾起另一波雷
房間在暴擊中甦醒，捻亮新的時序
驚蟄　到了。

第十屆磺溪文學獎新詩獎二〇〇八・六

煙花

一襲深紅的襖子　蹲沉
凋萎的繡花在窄巷白鐵門下
桃枝早過了季
紅鳩緩步經過

她本該歌唱的
如今只剩一縷煙過活。

空曠的眸子關著飢餓
被敲響的飢餓在風中
等待，殘留的菸圈不住爬著

燃燒大半下午
勉力留住指尖的溫度

還剩下多少記憶可以生火
虀碎的感情夠不夠用？
枕邊纏繞的菸味
夜燈下換過一種又一種
冉冉白煙竄進每扇虛掩的門
嘆息，她本該歌唱

捻熄最後一截火光，起身
平靜的氣息倏地消散
剩下醃過的手指，啃嚙啃嚙。
紅鳩快步搏翅飛去

巷口的腳步聲踩著春天的節拍
叼著菸，尋花而來

文建會「好詩大家寫」得獎二〇〇九・八

被遺忘的城市

一

漂泊在書架間
老搭檔的文字因太老熟而陌生
像是久未聯繫的親戚，遺忘稱謂
令人尷尬的半熟悉感
只剩下無形的血緣線　連著
我不知道要在哪一本書中等待
只得在頁與頁之間
繼續漫遊

無法推倒的骨牌死硬塡滿空間
繼續堆疊排列
擺放時揚起無關緊要的灰塵
因爲發現手指的螺旋紋路而興奮
我急著找這戶人家傾談
游出的卻是隻肚子鼓脹的蠹魚
打個飽嗝，滿滿的油墨味
老搭檔的頭被咬掉一半
哭喊著「我想要回家……」

這是座孤寂的黃金城
所有的垣柱都堅硬挺直
但是所有的智者也都已經離開
閃耀著太陽色澤的建築

將逐漸長斑　逐漸黯淡
在陰影下，老舊的文明只是地殼的一層
等待被發掘的地方

二

每七天搖晃一次生活
生活是泥水裝罐
混濁需要三天　沉澱
剩餘的日子還來不及映照出乾淨的倒影
應該在腦袋養隻蠹魚，咀嚼
再咀嚼的天性，緩慢磨碎所有紙張
連同混亂的泥水　吞下
然後被閃亮的內在的光澤

刺醒

我記起這麼座黃金城市。
那些熟悉的學說　雄辯的語調
曾經閃耀各種色彩
如今是過期的千層派
癱軟、黏膩，無法嚥下
如同缺乏意義的生活
我甚至不願在睡前舉起火把
探照並翻閱這座城市
像是辜負了情人一樣
靜靜擁抱他們

一個最貧窮的富人，滿足於

擁有的美麗
不再收容那些漂泊在外的期待
在城市，高貴的蠹魚勤於啃囓知識
即便是傾頹、陰暗日子
而他仍舊在流浪。
從這一本到那一本，從這一天到另一天
找不到安居的地方

第十二屆磺溪文學獎新詩獎二〇一〇・六

城市書房

撇開扭著腰的雙排霓虹長城
喧鬧的音階禁止進入
留下綠色　就好
撕取天空燦紅的棉花糖
坐下，聽見鳥兒回巢斂翅
以及調暗日光的聲響。

這裡是城市的書房，一大櫥書櫃靜靜安撫
每個快步走入的硬質節奏
以溫婉的散文、離奇的情節抑或
齒舌間摩擦出的樂章

各色食材在眼鏡的餘光裡翻炒
熱帶雨林竄動著，隔壁坐著品嘗新酒的城堡
當孟姜女準備痛哭歷史的同時
數學家計算垮下來的速度，而世界
遂在眼前擦亮。

九點鐘的晚安曲將世界闔起
我們揣著經歷緩緩離去，回頭
一格一格的光芒刺破了黑夜
這裡是城市最後的靈魂之窗，穩穩站立
守護僅有的綠地，絕不閉上

彰化縣「百載百詩」入選二〇一一．十

寫給鼓脹的棒鎚

半垂連的乳房
以果凍般的滑嫩
拍擊腦門
我便將雙手插
入，那僅有的口袋，高唱
愛的驪歌

那禁錮的波動啊
我將釋放你，以圈禁蔣公的圓
鋼鐵製的手爪深深掏取
無上媚惑

在每個肉色的浪濤頂
顫抖，將下腹部的硬度
鍛打成一百分

當十元大小的乳暈
因離心力而甩出
箱子裡尖挺的黑色的雙眼
揪著我
我只能將口袋放空
和你一起呻吟
呻吟愛之國國歌

※kula 對夜市夾娃娃機內放置晃乳公仔有感，寫〈波動的魅惑〉，我亦和之。

罐裝風景

瓶罐拴緊雲朵
美麗的景緻代表專業色調
專業又先進的保久文明
多重包裝，在食品標示上註記
延遲的日期，濃縮天（ㄏㄨㄚˋ）然（ㄍㄨㄥ）意象
塑造眞實。
我們熱衷於恐龍時代的野莓果醬
片面討好感官慾望

也誠實地添加漂白劑
或者防腐，嚮往偉人並合而爲一

成爲全新的健康食品
不朽，是我們實踐的方式
以塑鋼包裹東亞病弱的軀身
引領世界潮流風行
（我們也需要三聚氰胺，並鍛鍊輻射能的承受劑量）

公告的表格羅列各色濃縮風景
禁錮的味蕾不安躁動著
我們需要更多速成的罐裝雲朵，強化身心
即便逐一連接病痛延長線
今天的你　賓果了嗎？

《新地文學》第二十期，二〇一二．六

朋友S

寄養在體內的S先生唷
我們來拍張合照
讓射線剔去肌肉，窺視內在秘密
黑白的你，和多數朋友長得不一樣
過於美麗的弧度赤裸裸展現
一塊塊歪斜，又一塊塊紮穩馬步
如同疊疊樂搖啊晃的

S型彎曲的人啊
我們仔細包裝突出的外表
也小心地，小心地包裹心臟

提防被鋸齒狀的骨節逼壓
搶奪主控城區
而S，你總一派輕鬆
在不合宜的時刻高唱痠痲之歌
揪緊自名爲愛的疼痛暗號

其實我們都是不直率的S。
時間將我拉拔起來，卻又輕易地
弄彎，留下你
嘲笑對抗地心引力的失敗者
以及一半寒涼一半燥熱的瘟神
從鏡子裡瞅緊你時
總懷疑自己是否蛻爲匍匐的蛇
就此用邪邪的蛇信思考

朋友S唷，不要再見面好嗎？
以「唉！」發聲的你
卻固執得不願被改寫成「I」
只能修飾、美化我們的合照
讓我相信
相信你還是過去擁抱我的
挺直的　大寫的I

《新地文學》第廿一期，二〇一二・九

君子在庖廚

在昨夜夢境的浪潮之後
慎獨的君子刷著唯一的被單
趁著午後　曝曬多餘的慾望
雨季的陽光像大樓縫隙間的天際
珍貴而不可錯失
我在屋頂，望見的盡是更高的樓層
斜斜射入的黃橙光影
只是完成自己的本分

需要端正心志。
打掃書房，將心摺疊得方方正正

也博愛地掃過公共區域、整理線路
聚集不可見的灰塵毛髮
徹底清除
灑掃的儀式帶來平靜
但平靜僅在勞動的過程有效
電腦前，所有的水平面劇烈擾動
只好離開
上頂樓翻轉棉被

煮一杯咖啡鎮壓雜念，開飲機卻沒有熱水
水族箱的世界需要食物上緊發條
和後陽台的蕨類、薄荷、辣椒乾一杯
兩點半的垃圾車、記得回收
糙米發芽、手機充電、網路帳單定期繳費

在黃昏市場隱沒前討個便宜
回家得先收回棉被，接著才是青菜湯
收拾飢餓、搭配影集的時間
MSN跟著夜晚來臨
聊著一天做了多麼少事
也憤怒、無助但更多是在廚房中
感到羞愧

最後是清洗一天的汗水
洗掉的汙穢在排水管呼嚕著
隔天又爬上身來
將被單套好，躺在收集來的陽光上
在夜最深最疲憊的時刻
發亮

那金黃色的國度
美好而令人激動

《新地文學》第十四期，二〇一〇．十二

七夕

各種波長的顏色劃亮夜空
賀爾蒙粒子飄浮著
糾纏　碰撞成新的色調
或者在光纖另一端的洞穴
大喊幸福閃光，撿拾碎餅乾屑
暗自舔著手指
名叫織女的老小姐和她的牛郎
在橋邊訕笑，看著戲

要遠離空虛寂寞覺得冷
要高壯體貼樂觀有情調

捕捉短暫共鳴波段
對話框的言葉盡情搖擺
每一片都潮紅地叮叮咚咚
遠離了肢體動作和語氣的文字
屢屢越界，假裝
玩玩而已，假裝只是例行性祝福
卻期待多義性衍生的化學作用

應當慶典般激情狂奔
一個人　一個房間　一台電腦
一張沒有標記的特別不平凡日曆
如同面目模糊的國家紀念日
跟著歡呼、跟著掛念
跟著好友名單擠向單行道，通往

不屬於自己的節日
老小姐和老牛郎自討沒趣
盡是你們的曖昧
沒有我們的故事
拍拍屁股，牽著老牛
攜手共享整年來唯一的晚餐

《新地文學》第卅一期，二〇一五・三

過橋

還來不及做好飛翔的準備
長音「啊」是蒼白的
失敗的嘗試有電流般的刺痛
只一瞬
恐懼還來不及恐懼
你便回到你的地方

我們也冷冷地去我們的地方。
在擁擠的橋頭，每雙眼睛都吃下了番茄醬
鋼鐵捲成的麻花鬆軟躺著
塑膠脆片妝點著飯後甜點

像是入口無數次的最愛
不帶感情地吃下，離開
這場潰瘍只會是報上的一個方格

新鮮的肉體前進都市
被咀嚼，榨出灰色希望
重重吐出，跌落在你最想親近的土地嗎？
吃與被吃都是燃燒過程
而紅色印象將在三日後消化完畢
橋上仍舊堵塞
塞滿等待被都市排泄的物
以及小心保護的乾癟靈魂

日子三帖

一

每年固定用一本年曆
在節慶前三天興奮
粉紅色及鮮紅色的日子固定和一批人過
紀念照用舊的即可，可以成爲定目劇
或改寫成自己的農民曆
宜出遊　不宜飲酒　宜歌唱
翻快一點就成了三秒鐘的奈米電影

二

一條條寫下待辦事項
填上一天線性進程
填上人生的意義
日子以睡去的一刻爲界
沒有預定的日子是合併儲存格
直到跌跌撞撞被日光擠下去
滿是瘀青的身體
不知從何喊痛

三

快速翻過二〇一〇的日子
軟塌的紙張滿是刪去的塗痕

事情終結　日子終結
留下感情的尾巴
伸到今年，抓住
私下那些無法重抄的紀事
如時空膠囊收藏
或貼上新手帳，設立邊界
那紙如白千層
計年增生

回程

那個乳牛嚼著牧草的上午，簾子軟化陽光
你戴著一頂草帽，指著路的西邊
「看！有牛á！」
乳牛身上的點點是豆漿加燒餅屑
糊糊地隨著公車攪拌在車掌小姐的酒渦
遠去，路是還這麼的長
一車搖晃的晨間沒有渣滓沉澱
我們都期待回程，回程將更令人興奮靠近
靠近牧場與乳臭味的記憶

我們都因吸收時間而長大

被豬油粩黏著的童年
連同乖乖桶吃進肚子消化
街頂的陽光賣去了
水泥大樓淘洗巴洛克時代
蛀舊的牙齒被新搬來的牙醫診所填補
公車則帶走最後的屑末
熟悉的味道剩下過年的壓歲錢
茶葉　以及油膩的春宴

每次沿路往彰化總是找尋那座小牧場
記憶的版畫刻著和阿公的早晨
想靠近，嗅著青草味與朽暗的舊厝
但您已累得無法再說更多。
身軀枯瘦而攀著浮凸的藤筋

斑節點點畫著
疲憊的縐褶夾著層層時間
平靜如蠟一般黃
想撫摸您的頭像當初被疼愛般
讓體溫傳達那趟旅程的和暖

「阿公，我倒轉來啊！」
跪著進去，兩炷清香是僅剩的語言
生前的最後片段在氤氳中而模糊而熟悉
黑衫黑褲黑雨傘的紙片人坐在旁邊
成爲新一位被供奉的祖宗
香灰直立半枝高，輕飄飄卻不肯跌落
外邊世界的呼吸也不敢放粗
惟恐香煙散去，迷失方向。

蒼蠅放膽停在平靜的臉上
大口嚼著死亡氣息
丟棄刮鬍刀、藥水和另一個枕頭
就一襲未曾穿過的深色長袍和新圓帽
道士帶我們陪您過橋去
嗩吶跟著嗚嗚噎噎　哭了起來
阿嬤也累得直不起腰，像紅透的蝦子
說是到了終點之後終究要回程

也許人到老時就會想念離開的朋友
乘著香煙，帶滿滿的庫錢去拜訪
單程車票只有一站
戴起呢帽，哼著日文老歌
黑色的睡眠將割除終年病痛

阿公，走出沉重的身軀
讓在生的歸在生
坐上賓士，開始最後一趟旅程

讓我再試著觸摸
那個乳牛嚼著乾草的下午
陽光已經斜斜躺下
我們盼望的回程方向，牛á在右手邊
清楚看到身上的斑點，但斑點盡皆破碎。
累了就好好睡，阿公
醒來後，別怕，就推開黑暗
就往光亮的地方過去吧！

《新地文學》第九期，二〇〇九．九

深喉嚨

剝去包覆，小心，別
折斷我柔弱而挺立的肉柱
節奏　是　輕輕　打在　簷上的
春雨，愛撫是冒火的視線
舌尖，雨刷般掃過
我的唇，迷離
隱約自指縫中看見
你的血管，我的慾望
（噢，這是大於左手習慣的寬度的……）
赤裸裸　接合

那半啓的雙片泥肉，朱紅地鑲在
一個溫暖的洞　穴
我也好想愛你，全部力氣
吹著吸著舔著抽著，泛著潮紅的
貧弱胸骨，是你別過頭的青澀臉孔
只有香蕉碩滿成熟。
來，燃起火把，別怕，
小舌是壁上天然的燈座，插。
。入。去。
（我們會眞誠交流，以左手，以凝視。）

左手上下搓弄，光速而暴虐
你也這麼對待乳房嗎？
赤裸裸的你仍舊昂然

黏膩卻不屈地訕笑，「你
應該是個男身啊！」
陽物被供奉在浪湧的海灣
不願承認卻又緊緊貼著我愛一條柴
「我害怕，別，別再這樣對我……
收縮而擴張的急切
撩起外衣，一節節落入無可站立的噴火煉獄
那叫做慾望。
陣陣甜膩直教發狂，且讓我們
相容　相合　相愛
然後新生在褐黃的時節
（你也愛我嗎，香蕉君）

故事的最後總是不完美

卻又自然
放棄憎惡，也不需要眼淚
就輕輕
一押，所有愛惡逆時針流走
惡臭的囚室只能是我們結合的終點
（請記得用心愛的左手！）

早夭

每個孩子　清白的臉孔
穩穩地端坐　不吵不鬧
乖乖地等待被領回
輕薄短小的年代
過重的孩子不被疼愛
哪張臉孔又將是最美麗的？
呀呀的語系沒有初生的奶香味
不再換來擁抱。
一個親吻
一千多個腦袋
三百個黑暗的日子

孩子們沒有家
甚至沒有老人教養
蒼白的臉孔，如同染上疾病的牛豬
有用無用　有病無病
全部包裹絞碎
陣陣尖厲的叫喊聲隱約透漏
像個孩子恐懼
嶄新的生命嶄新的腥氣
最終只能收集在衛生紙裡
不能留下
就是毀滅

我們失去了笑臉

我們失去了笑臉
^^足以代表我們數位而單一的感情
足以搪塞，足以談笑
不需要過多細節和語言
誤會時貼一張動漫人物的笑容　就好

難過時QQ
唸成Q的語音是否帶有莊重的悲傷？
你的哭哭，不等於我的哭哭
我們自戀地給出符號
平行中抓取漂浮的意義

我們失去了笑臉
笑臉給予誤讀的自由
並且暗暗期待
衍伸更多未知的意外

夜話——誌CY

我們打開一個又一個的匣子
路燈照著日本地圖
關於JR與每條密密痲痲的支線
故事也如同線路延伸環繞
出入學校，轉過每個處室
自口舌是非彈跳到工作細節，再離開
至晚餐桌上，扭亮了電燈
扭亮新一輪的美食與笑話
額前的燈炬與雙目灼灼
跨過每個事件
那些剛摸著邊的人情與智慧

黑色的風就帶著鹹酥雞襲來
但我們終究沒能完成這一輪的談話
起身
剩下臉部分明的陰影，以及水泥地面拉長的黑影
背對，拉著執拗的影子離去
而在闇黝的胸口
紅色的心依然跳動

二〇一四・八

時光五帖

其一

時間如映像管閃爍
無法辨識，卻存在與消失
而我們的每個動作也閃爍在夾縫中
幽幽地，無從被記得

其二

我們等待時間經過，幾個呵欠
慢吞吞的老頭子還沒跨下搖椅
該看風的山頭，無風

盪著涼意的水邊也不見半裸的腳
一切尚未開始
忘記結束

其三

我們的時間斷然被徵收
駝著身軀，使役的腳步頓顛
拖拉刑磨
每一個日子

其四

以爲時間就收在口袋
卻早在奔跑中遺落

窟窿一跳就甩掉黃昏
掏了掏
剩下精黑的夜

其五

時間緩慢如蛆
緩緩啃食黑暗
直至身軀變白、變亮
順著環節向前滑去

《台灣現代詩》第五十二期，二〇一七・十二

鋼鐵手臂

在嚴厲的日光下
鋼鐵製成的手臂揮出
一掘新的濕土在下一杓之前
即行乾去，同身上的汗水
肉體僅是飽脹的海綿，一壓
流淌成雨，無聲滴入土
水永遠來不及補充

日光鑄成的古銅肌膚
紋理間縱橫著水道
地下水從看不見的深井湧出

深色衣服曬出雪白的粗鹽
酸而黃的氣味浸染著
汗水流走臉頰的筋肉
剩骨，削得尖尖的
點燃香菸去對抗疲憊時間
而檳榔僅是下一分鐘的力度

泥土乾裂，螞蟻分食著蚯蚓
雞母蟲被好心地移到樹蔭下
繼續下一輪的脫殼結蛹
我們揮舞鋼鐵手臂，細緻而有力
層層挖掘生活的韻律
同盛夏的一點涼風
交響著土地的樂章

春天被監禁

春天被監禁，在頂樓欄杆之外
陽光醒了半分
只伸出一枝消息
鐵製的手腳兀自冰冷
妝點的加蓋鐵皮，縫縫補補
霸佔了柔軟的視野
蒼藍是種無力的日子
搭配乳白色霧氣，街道細瘦
難以發現春天
鐵製的杜鵑在都市的角落
開放，死時亦鏗鏘有力

洗過的衣服半澇燥飄著
空氣夾雜甜膩的風情
讓窗戶眨一下眼睛
夢中的雨滴唱過幾回
打結的腸子消化不全
腳踏車坐墊的土灰又蒙上一層
摩托車聲不曾遠離
鳥叫了幾句便停
裸著一半的身體猶未清醒
被監禁的春天　打個呵欠
在屋中　繾綣
轉過身去

《乾坤詩刊》第八十四期，二〇一七．十，冬季號

醒

失神騎士被時針掃趕下床
懸絲傀儡般被拉進浴室整理
然後召喚進城，分針趴搭趴搭
拉著心臟做早操
用紅綠燈牽引，重要的秒數不住下墜
不用眼睛一樣順流前進
停車、買早餐、打卡，直到言靈被呼喚
上身，恍然驚醒的眼角
昨日夢中的歡愉剛被曬醒
脫落
棉被的線頭在襯衫上
穩穩打結

白色

清醒是白色
早起的車站，站前的步伐
不帶太多油膩

慌張是白色
時間走亂的表情，發怒的皺紋
緊繃而無法解凍

日子是白色
北上的列車出軌，南下的失蹤
無法辯解而漂浮的月台
是白色

都市的歌

一

眼瞼將早晨一層一層捲起
蒸發的夢因炎熱而離去
我在白色布幔的盒子
都市中微小的一處方格
躺在夜總會小丘
聲影幢幢的擁擠熱島
除了灰煙矇矓
日光之下，什麼都不實在

二

眼睛忘記觀察
單調的罐頭畫面重覆貼在近景
黑色的人頭破碎的肢體
搖擺，塡滿遠景
普普都市普普眼睛
噢，這是我恰好撿起的
和其他老太婆共享的眼鏡
充滿疲憊
深度近視

三

擁擠的魚群小心地在車河游動

卻絕不親上另一尾的鰭
我們應該是在海底
就像魚也不知道，自己在水中呼吸
每日洄游，路線總是相同
偶爾嘗試新混搭的動線
乘著洋流的便車
在昏睡中乾爽滑行

四

台北的報紙都老得不想記事
街頭常見棄置垃圾
卻無法回收
陰濕的牆面附滿黑色芽點

某種無奈的情緒不斷滋長
你就躺在那一則社會新聞裡
而我卻沒有發現
像是對於臭乳酪已經不感興趣的老鼠
笑一笑便離開

五

一起高喊自由的搖滾只持續幾個街角
音樂就忘記了
忘記剛剛吶喊的口號
在轉過彎的麥當勞吹冷氣
冷得淡薄的小確幸
迅速切換成小資信念

鄰桌的高中生談論上街抗議
直率而確實地生活

六

城市太早熟，卻無法好好教導
不相識的兩造手牽手
在遊戲結婚
在不入夜的燈火間
穿梭，換一個遊走城市的方式
自然地挑掉某些公車番號
如同嗅出有毒的蘑菇
相處是一種恐懼
醜陋的生活開出新的美學

車禍既視

空氣瀰漫異樣的情緒
行人靜默，車流失序前進
快的如紅霧
慢的成爲隨風飄的紙船
但總是習慣了，繞道離去
一支白色高跟鞋在路面中線
另一支在公車輪後跌到
連同被嚼碎的塑料組件　四散
如孩子任性拆毀的模型
剛立起來的機車凹陷半張臉
吐出過多的油脂，淌在路面

幸好不包括紅色體液
也沒有任何器官遺落
沒有人看見被送進救護車的小姐
所有等不及的目擊者都早已遠離
或者在餐廳
切割著特選肉排
這只是都市日常一景
適合撞擊的傍晚　無甚莊嚴
也無須掛念
在救護車拉開警笛之前
垃圾車先響起了給艾莉絲
傾倒城市的傷痕

地下鐵

抽象的城市以色線標示
路線簡化爲線和點
幾何，我在地下冒險
未能接觸的現象與本體
魔幻地吸進數個
兩種面貌的城市，連接
流竄的潛意識
或者是不斷重複的
夢境開端

維他命

浪漫的燭光盛宴之後
服務生送來兩顆藥丸
交杯，兌水服下
一頓晚餐才算完成
遠方有黃紅色的雲霧飄過
室內拉起安全的庇護
我們一起延續
對彼此的愛

週期

我們像紅燈下頻率互異的方向燈
答答，靠近
答答，近，答搭搭答。
週期對撞後接著分離
綠燈亮得太急
我們甚至還沒進行第二輪的接吻

嘉年華

整個城市像是不間斷的嘉年華
雖然並不美觀
但是紅綠燈持續興奮
招呼大家參與快樂的晨間
自動輸送的甬道　推送
每一張塗刷面具的臉孔
每一個不屬於慶典的心情
直到咖啡迷幻世界
螺絲釘先生在大街上跳舞
與螺帽小姐在霓虹燈前
進退，像是磁力線下
不可抗拒的吸引

夜的街道

夜風吹空街道
貓咪在遠方哭泣
昏黃路燈賣力放送羅曼蒂克
蛾子趨光舞著
店招轉印的名片被扔在無人的街
閃黃燈喳吧喳吧
整齊的車子排列睡去
預示白天的疲勞
用尖銳的弦月割下有星星的天空
披著，隱身
偷窺加蓋樓頂的成人電影

以及老派對話
冰星將夜串成文字
腦袋開出溫暖的花

遲到

由於我的遲到，山都老了
急急跨過數個紅燈
一躍而上，拍攝
整個夏天最後一束桐雪
卻什麼都沒遇到，就風
蟲兒善變，改唱秋天的美麗
雲朵醺紅飄離
我來得太晚
整個夏天都疲倦不已

舊日子

在舊日子的白色城堡
堆書爲牆
我們安全地窩在一隅
談論著一知半解的世界
忘記了時間
不經意到牆外覓食
才發現，平靜已是身後的一景
一條線，接續泛黃的記憶
遠遠封存　觸摸不及

※致kula，紀念一起討論學術的日子。

當鬼

找一隻鬼，附身
在腦頂三吋開夜總會
和另一個自己、過去的自己
湊桌，討論如何打出一手好牌

找隻鬼附身，多個漂浮視角
森冷的哼出每一句話
塗上血紅的叉叉，憎恨地
在世　徘徊

讓一隻鬼做主

帶著另外三家，面無表情
沒有呼吸沒有溫度
逆著水道泅到月光處
在迷亂的夜

二〇一〇・八

夜讀郭楓

白冷的髮絲堅強地站立
蓬鬆而收滿氣魄
一根不少
皺紋夾著那年頭的動盪歷史
滾過火炮海浪淬鍊的厚實鐵牛
捲成一冊老憨大傳
放在新店，依山攬翠
帶五個大毛頭　讀詩
靜靜數著浮白之外的醉事

水餃包的是五四韻律

繞指柔的詩句緊緊箍著
秘製滷牛肉

一整排的藏書配一整排的酒
杜詩腹中儘是清白黃濁
嚼的是辣魚，喝的是混酒
笑的是我們瀟灑的氣度
以及年輕時的戰鬥
一局拳怕少壯的酒令
將社會世故寫進文學筆路
你的白髮蓬鬆軒昂
溢出對詩少年的激賞

酒瓶在眼前打轉
郭老的笑語在耳邊穿梭

我沒有醉，只是有點疲倦
只是臉有點漲紅
癱坐一側，看夢想點亮餐桌
熱切的眼神都想望飛揚
青春，這美好的時光。
無酒也沉醉的酡紅煙雲
每一行昏黃的街燈都是詩句
來，我們繼續第二回合
圍成一圈，解詩誦詩
再飲一大白

輯三　始新世

廢棄的肉身
——致李幼鸚鵡鵪鶉

沒有水的游泳池
沉積垃圾的溫床
已然熱鬧過的章魚滑水道
剩下搔著頭的孤單觸手
溜滑梯斷裂，遺失了笑聲
乾涸的外頭是廣闊的大海
而海水已引不進來

在你廢棄的身軀
陰毛發黃，乳頭縮癟
還有顯得太過鬆皺的皮囊垂垂

殘存的少許水份
混著尿水、精液漏出
僅夠拉出一頭白色藤蔓
附上，黑色的青春紋花

藍色憂鬱由一頭白髮標記
自然的身軀　天生的風景
脫去外加的遮掩
拍攝與被傷害
傷害與被凝視
都拿去，這身不知何時將完全褪去
的皮鞘，何時蒸發完全

想完成的青春已然寫就

但嶄新的影片仍將開拍
在海水浸泡得斑駁的廢置空間
搬演著酒神，銘記
乍然得到的剩餘日子
發燙，卻又不得不
樂著嚥下

二〇一一・十

森林裡的捉迷藏

動物們決定
決定讓相機成爲絕對的敘述者
世界停滯，沒有語言寫在耳朵之外
光線透入杉林　飄出綠色的霧氣
模糊了大地低沉的呼吸
我走進相片，鞋跟敲響森林
演奏存在的節拍

動物們躲藏著，大型的遊戲
正悄悄舉辦
安靜是唯一的規則。

沉默沿著藤蔓垂降
緊緊拉住的樹皮像餅乾鬆裂
沉默爬上漿果，獨自紅著
等不到雀鳥回應
沉默的神木研磨著頑固的石坡
苔綠咀嚼倒木
樹洞裡，遺留著半顆殼斗科果實
是哪一隻當鬼的松鼠匆忙丟棄？

頓坐在步道，用眼睛
收下暗暗透出的水聲和落葉聲
拍張收納所有音量的相片
我著迷於動物們極具默契的空白
決定離去，帶著半顆果實

想像他焦急而又只能隱匿的神情
突然笑開
驟亮的出口處有鳥摶翅飛過

《新地文學》第十五期，二〇一一．三

雨景

鎮日靜默的樹們
趁著雨日竊竊地交談
嚓嚓答答
小陣雨的心情是愉悅而可愛
濕潤的空氣有樟樹香韻
韻律的節奏向著樹下的姑婆芋問
關於我們的住所，咚咚啪啪
老而沉穩的回答　堅決有力
垂降的珍珠打在葉面
乘載的珍珠滾落到土裡
五色鳥趁機拉嗓

像是綠色煙霧中唯一醒著
呼嚕呼嚕，叫出滿樹琉璃珠
夏蟲隱去，只留一隻奮力吱嗚
轟轟，雷電劃破天空，隆隆
照著雨綠色的中庭
靜寂，只有雨點滑降
答答

理想的下午

在急急翻轉沙漏的日子
連詩集都匆忙介入的時間之外
我們需要和煦的下午
恣意發懶，暢快的打著呵欠
吸入曬得乾香的空氣
毛纖在光束中列隊垂降
停在街坊談話以及屋簷的吱喳聲中
遠馳的機車噴動節奏　麻將刷刷疊城
描摹出和諧的聽覺風景
親愛的，我如此想你了
煮一杯久放的咖啡

盤算下一頓飯該往哪個方向
蒸著水氣的海報在浴室門上發軟
如劇烈運動之後
衣服安穩地吊在架上，享受日光浴
半乾的毛巾拉乾甦醒
讓夜裡維持炙燒的餘溫
書架上挺立的書籍等待編目
行事曆則在無聲的下午，持續昏睡
連同你，親愛的
是否會在那一段路上遇見牽手到來的孩子？
鐵窗外頭正亮
爬上窗緣的光線切割空間
也切割時間
所有的精神隨著陽光飄浮

起不來的淺層游泳在不經意騷動
翻個身，拉過閃亮的微風繼續耽溺
讓揚起的灰塵慢慢沉澱
理想的下午帶我緩緩深潛
安靜而篤定

翻覆

炸雞塊與燒肉灑了一地
自束縛的安全帶　甩出
嫩白豆腐印著車胎紋路
蜿蜒離去
如同縐褶的腦花
切片的豬心癱軟無力
貼在排骨邊
整齊鋸片的排骨是打薄再打薄
有肉就好
逶迤延長的冬粉，絲絲絡絡
混雜紅辣過炒

雞爪蘿蔔湯濺灑油膩
黑的皮泡爛白的碎散
在便當近側　翻覆
打包祭祀給十字路衝
大型金屬盒裝的午餐鮮肉

愛的十四行詩

第一行是故事的開端
讓我們先擦乾淚水
回憶早已知曉的情節
重新複習一遍
第五行男女主角的介紹
你有你的　我有我的
故事將圓月切成兩疊信
交代分合，也許還有明天
然後是登山
以及保險套使用說明
自從我不哭不笑地

開始在第十二行寫詩
在睡夢中劇烈下墜
十四行注定是必要的完結

看不見的國土

爲了遙遠的一場夢
我們的國土，五百萬年的中華文化
那孔孟、漢武唐明康雍乾
和老孫老蔣排排坐
說著一口連自己都不知如何夢見的故事
故事啊故事
三次後的舌尖規訓就成了眞實
雄壯威武嚴肅剛直
民族生命最高準則
世界文化的精髓濃縮其中
忠孝仁愛禮義廉恥

全宇宙的燈塔呼應青天白日
懷念它，全心愛它，那廣大無垠的河山
沒有一碎屑可以放棄
（莫斯科和威尼斯是吧）

不管有沒有去過，都是家鄉
必須背熟鐵路和省會
總有一天會打回家
那些被國民黨拋棄的故土啊
別記仇了，終究是老鄉
即便說不清楚自己是不是受害者
還是斯德哥爾摩併發症
放棄吧放棄，就當作一場美夢終難成眞
然而破滅的事實終究影響情緒

被打斷美夢就只有起床氣
所以努力編教科書
繼續編織故事給沒有夢見的人們
封閉世界，仰賴看不見的母體
不站在土地，躡著腳前進
看不見的國土　看不見的學生
看不見的黨國春夢基因
還在暗中滋長

海洋子民

我們已經變形了
身體帶刺，頭頂長角
獨裁的教育養成保守的陸地人種
上岸的人魚只剩一隻嘴
海啊海
我們的腮疼痛地想念海洋
母親以及母親的故鄉
直到無法拉動腮蓋而努力呼吸
努力呼吸而長出雙手
再進化成固著的植物
我們已經變形了

忘記水流的知覺
忘記擺動魚鰭的天賦
在禁止下水的權威管制
連帶厭棄
曾經自由的人魚身體
島以及海的子民

南方南方

當我回到南方，半沉睡的小鎮
在身體的毛孔中勾起
血液中關於土地的沉積
以及至親簡樸的生活用語
在家裡
日字部的「南」有陽光風韻
烤乾了每一吋空氣
再由青蛙叫涼每一層深夜
帶著稻禾在我睡夢中
綠綠長起

重新回到南方
一杯酒　一壺咖啡便足以悼念憂鬱的城
那個城市沒有蝴蝶。
應然擴張的陽光被大樓遮住一半
陰天遮住另一半
時鐘快步邁進，緊縮日頭
連帶著我們的愛情也短促
如意外車禍
轉頭，帶著各自的凹痕，離去
回到各自的南方

在生養我的熟悉鄉土
揣著北城的習慣，重新生活
超商、量販、美食、漫畫出租店

還有連接小鎮的四方道路
那指示著咖啡和酒精的補充來源
新的生活地圖
刮去了舊紋理，重新標示
描繪成年的地方情感
偶有來自北方的水氣，梅雨時節
陰鬱多雨總繫聯著思念的氣味
是當時留下的懷念，在北城

在南方，開闊的空間塗滿磚紅色
古樸中有土地親切的笑意
重新練習的特色腔調
適於祀奉公媽和神明
隨著香煙繚繞，平緩地燒成時間

信實來去，如同夏日與冬天
在帶著鹽粒的海風中
累積，沙漏中的南方記憶

汙垢

年復一年累積的黃漬
洗手臺的髒汙直如尿垢
醒目而難堪
一個家庭三個人，集中方形槽箱
方形槽箱收納在古鎮葫蘆中
我們吃我們看我們沒有秘密
也沒有透亮的外在世界
小小的螢光幕拉著無線電波
演出各種狗血噴發的鄉土劇集
誤認世界，以及每個劇中人
（當然也包括自己）

丟掉的菜葉越來越多
電熱水器的管控分秒不差
無錢娶老婆的悲觀化成悲願
緊縮，生活從來不好過
消了風的塑膠球
金箍中的潑猴頭
黏著在浴室的汙點，代表某種遺緒
不論看見與否
這個累積已然是無法清洗的

一瞬間離去

想要張開眼睛
灰泥翳住了所有的光
想要聽見家人的狀況
耳朵塞滿了碎石粒
想要再聞一次晚餐的香氣
滿是熟悉的田園，和著泥
卻進不了一點空氣，動不了任何骨節
應該是仰著天呵
卻連眼淚都淌不出來，也不知
滴往哪裡。一瞬間
土石毀壞了所有熟悉的家園

沖往手伸不到的離別

我的兒我的孫啊，你們是在哪一處？
大水來得太急，而我的手
太慢，連床頭的玩偶都沒搆著
阿孫是否早已提早離家，探索
那一段扭曲的巷弄
爬向連我都認不出的故鄉
然後害怕地，無法表達而躁動哭泣？
伸出一隻手，渴望被緊緊握住
拉向熟悉的陽光底下
啊，不只是你，幾十位親友，都在
同止不住的山洪
吵鬧又粗魯地滑向萬丈深淵

帶著我們來不及的嚎泣，和輕盈的身軀
乖，不要怕，阿嬤在這裡
在黑暗地底，最溫暖的那顆星

「兄弟啊，有聽到的來拿信啊！」
熱氣靜靜地蒸騰
充滿皺紋的臉龐依然鎮靜
只是摺得更爲深沉了
崩落的山石壓迫了老郵差的呼吸
輕喊一句，便感到疲憊困頓
填平的村落在地底幾公尺下流動
蟬在樹上，一如往常，嗤嗤叫引
也不管失去鄰居的老樹，低低啜泣
冷得發黑的太陽，像沒事的人一樣

走開。
站在村子頂，向大家的遠行致意
八月八日，連恐懼都來不及恐懼的別離
不過就是一場雨
唉，是不是將所有未及傳達的郵件
燒給你？

一瞬間離去
我們再也沒有家了
這裡是我們新開最後的住所
一起在這裡，靜靜地陪你

※八八風災後，郵差送信至新開部落而不得，有所感。

二月的最後一天

二月的最後一天
時間被飛快撥動
彷若不曾存在，刻意閃避
強佔了最後兩日的三月
卻也快速隱去
重新命名，詮釋日子的過法
教人忘卻那逃命的月份
一分鐘，手錶轉得發暈
我在十月　跟著慶祝
被抹去的二月天

雖死猶生

雖生猶死
這一段生命就在敲響的那個準點
拋棄了吧
所有我們愛的眞理，也都
一併拋灑出去
如同一張張的冥紙錢
無用，但隱含著可能的用途
回來啊，林家男孩
過橋吧，黨國機器
殺人部長只用數語便可以壓過
爲人父母的慈愛

黨國檢警支持的微調波瀾
沸騰了整個世代
雖生猶死，但你已過去
在體制下，不願閹割的靈魂
只能選擇對肉體揮刀，對戰友們
下了一道公子借頭的黑暗兵法
雖死猶生，男孩啊
我們的膽量幾時會生出來
幾時會在眼淚中，看到一絲光芒
照亮被埋沒的世代？

※記反課綱而自殺的林冠華，其實你還能做更多。

二〇一五・七

天橋

有些地方該是思念可以靠近
或者轉運夢想的星空
火車站前，橫跨大路的天橋頭
海檬果在昏黃燈下，隨風
塞滿行人的困惑
「你們不懂」，拉緊紙皮棉被
陰暗的夜縮在繁華角落
失神發臭
放棄任何遠離的機會
夜間八時三十分的假寐

選定天橋絕佳位置，如狗
薄紙皮一鋪而就
再沒有人冷冷盯著
擁著風，睡了一覺又一覺
高級酒店霓虹燈下，是否迸現
時尚的夢境，購物節的華麗？
緊守時限，醒在人群眼神之前
消匿，如遠去的車班
不用證明存在

燈號紅了又紅
狂奔而過的車趕往下一個停留點
也許是家，或是更遙遠的故鄉
鐵軌上短了又長的臉

往返的人步下天橋，堅定地走了
面相師端坐在走道
滑著慘白的手機，參考星座預言
街頭僅存的選擇不多
同樣困守在聚光燈背部
任風在臉上刻著
一刀又一刀的時間

不用說書，天橋的故事鹹淡自如
不在路上，也不用推擠向前
欄杆邊過多的嬉鬧、車流
也無關乎明日的餐錢
我們的生活方式簡單而濃縮
但你們不懂　不懂

只是和多數低頭的人不同
只是被疾駛甩尾的都市
狠狠拋落

支援

熱愛的都已經死去
在錯誤的年代衝鋒、糾扯
在語言中潑灑最沉痛的不滿
我們讓同胞如家畜被抓回牢籠
如雞鴨，滴血也要下酒菜
家國和死亡共置在一天平上
勇士毫不遲疑地面對獨夫
爲義鬥爭
我們要成爲夥伴的依靠
也許沒能站在戰車上發怒
也許沒能面對冷冰的盾牌和棍子

但我們不能讓他們平白倒下
獨留自己殘缺的怯懦的
賴活在做噁的假面中
我在框外
悼念自己的死亡，亦如幽靈
捨棄身體的自由
在白色迷霧遠離的現在
不該只停留憑依憤恨
又豈能，傻笑忘記
殘餘的惡？

夜宿台北街頭

夜宿台北街頭
逐漸被吞食的月球
冷冷看著地上坐臥的人們
捲起陰風陣陣
我們燃著良知的篝火
照亮充滿黑色箱子的密議院區
直到星星都隕落

安靜地坐下抗爭
面對角色反轉的自大奴僕
我們集合，發出怒吼

我們塗鴉，畫出政治的荒謬
充足的飲食和睡眠被時代所給予
即便蓋不暖心中的破洞
卻是我們堅信靠近民主的繩索
相信自己，走向未竟的改革
熱情的街頭哺育不變的決心

其實革命已經遠去
現在坐著的，誰的命也不革
靈堂下深積的灰塵
被隔絕的不就是一百年前號稱的革命者嗎
怕也正注視著身後的靈堂不是？
然而鐵蒺藜隔離群眾
牢籠內的獨夫預告未來

投擲傷人的言語，斥責熱切的心
彎曲的制度用武力執行
良知被金錢主義驅逐
一樹染血的葉子，飄落
刨斷根頭

也有叫囂的餓狼來奪取燈火
無知或者反串
猖狂的暗夜令人緊張
如同我們守著林森南路的巷弄
風雨不知何時下來
我們在路燈下，守著燈燄
民主學堂席地開講
堅硬的路面是未來的道路

即便再痛都勝過
來不及痛

夜宿台北街頭
從半個月的天空到群星隱沒
熊熊篝火在清晨漸軟
黑夜與光晝的辯證逐漸展開
一夜未眠的豆漿店
直教失時的胃翻滾，打出發酸的嗝
思索的困境仍不斷攪動腦子
飽滿而脹痛，卻依然不覺得
陽光是眞實的

※太陽花運動期間，露宿街頭有感

二二九

乍暖還寒的血花之月
星星們被擊墜
世界悲傷地在第二十八天停止
殘存的人活在沒有座標的三十日
四年清醒一次
感受毀滅之後　多得的日子

在二十九日出生的人們
延續哀戚的月份
熒晦不明的禁忌　自我束縛
失去星光的夜晚

淚水破成碎片　遍佈島嶼
不經意地　扎人

離開被封鎖的時間　揚起船帆
重新測量繁浩的夜空
將墜落的星子黏回，化成星座
紀念，並且指引我們前進
遠離舊闇的白日青天
前進　航向新生的三月

※購買《史明回憶錄》限量珍藏版，編號二二九，遂有此詩。

二〇一六・二・二九

雨後風景

五月節的熱浪拍打著
蟬鳴聲中　雲羅高張升起
過濾天光
累積情緒至飽脹的昏灰
落雨
伴著風勢清洗每一座山巔
鳴蟬噤聲　生意退卻
等到氣力發洩完畢
才鼓起餘聲，和晚蟲接力
燕子在電線上扯翅理毛
看一峰一峰的潑墨山水

變成一棟一棟藍蔭鼎水彩樓房
吞雲　吐霧
安靜的雨後適合睡後小坐
南風不住拂來氤氳
安全感隨靜謐包圍上來

《台灣現代詩》第五十二期，二〇一七・十二

冬。鯤港

海賊乘著東北季風而來
捲起浪潮，鯤港登陸
強悍地建立貿易根據地
狂亂的風頭數百年如一
沙塵撲面，睜不開眼的歷史
來不及說完的故事
緩緩淤積成一架一架的蚵棚
彷若未曾繁榮過的灣岸深處
燈火明滅

陰灰的雲壓得很低很低

風勢又重又急
人民埋首於海潮間的漁事
水筆仔則在稍息的空檔　奮力成長
描繪過的十七世紀海圖
轉眼疊成沙陸
困住了商賈們縱橫海峽的船櫓
在顏思齊、鄭芝龍佇立過的灘頭
影子不住拉長褪去
而魍魎在黏鹽的風裡　發愁

總是只有夕陽的漁村
新的風沙困住舊的風沙
阻斷海潮歸途
在沉默的好美里

彩繪牆面在風吼中安睡
數千隻倦鳥盤旋後，逆勢歸林
像是困守陸地的最終儀式
老海圖的魍港深邃
新地圖上被湮沒的註記
不堪辨識

星際漫遊

聲波迷失在混沌的宇宙
我乘著艦艇，以聲納搜尋
深入遙遠而多樣的星系
在被黑洞吸入之前
抓住聲波，解碼
一如辨識眾多的同音異字

興許你正在地球仰望
用虛線連接起星空
但沒串好的蛇夫和鴨子游泳圈
其實無甚差別

更別提光譜的色系
星星擴張游泳的速度

我們仍需在這片語言的星空
靠近　接觸　伸出食指
像牛郎織女等候
理解的眼神交會
感動，卻又立即分開
一方飛船曲速前進
一方仍舊編織美好的星座故事
在那瞬間，又近又遠

看草間的人

你的眼睛是別人的嘴巴
你的耳朵是別人的眼睛
鼻子是別人的耳朵
你的嘴巴是別人的鼻子

你有很多面相
但是每一張都不成型
你有很多嘴巴
但是從不柔軟
你有兩對眼睛
但什麼都看不到

就木木地看著另一個自己
在畫上

埃及展

黃金粉飾的生命早已破碎
剩下眼睛，睜大的眼神留不住一點神
但我捕捉到害怕、不安
數十萬隻眼睛流水般經過
沒有一雙帶著憐憫
而是奇觀，發現世界的雀躍
我的侷促，那包裹在亞麻布下的
乾硬情感早已無法做出對應的嫌惡
只能忍受，繼續睜大
假面上的假眼

紅燈籠

黑暗中肆恣滋長的默契
在霓虹燈下
在幽幽地黑影中蔓延
看啊，養生的看板娘眨著眼
爲您的身體健康服務
直到踏出舒爽的康莊
容光煥發　博愛世人

窮困的牛屎崎長出秀色的乳峰
紅色燈籠搖曳在太子廟口
佑護女眾，和橋下的溪水

市區的燈嵐唱和
隨著黑松的剪影駛進
我們不用言語不用手勢
十二月欒樹黃花
風吹落土處結滿紅果
檳榔花香傳遍整個山崎

白鶴去兮

白鶴來兮
迷失於霧靄中的飛行
降落於松山
今夜還有飛機起落嗎？
是否有在路上遇到同伴，焦急地尋找
我灰撲撲的倦容

白鶴去兮
最後一班公車已經開走
僅存獨腳的沉思
生硬的都市線條黏上我翻飛的羽毛

接下來要走哪一條大道？
暗中接近的網子緩慢地說

※金山小白鶴一遊松山機場，有感而作。二〇一五．十二

向陽

那一口菸味終於濃成雪茄
如茶甘醇
如咖啡餘韻的沉香
眼睛和嘴角一樣
維持某個神秘的角度
像S／Z符碼，多解而耐人尋味
久違的嗓音是玻璃質的
隨台語音韻跌宕起伏
微微透出名叫向陽的光
——總是在我們尚未捕捉到
冷笑話笑點之前，便嗤嗤地

被自己創造的意象
逗樂發笑

二〇一七・八

航向蘭嶼

一、第一次飛行

地標被甩在眼後
上下逆轉陡升的飛機
眞實的地圖就呈現在眼前
東或者南？我試著辨識
螺旋槳轟轟，什麼也沒回答
雲上有雲，天外有天
遙遠的空間一如平地存在
沒有前進地移動
順著雲的山脈縱走
踏過山尖的日光

遙遠地投一把雲過來
我指著地圖的手
以眼測繪新的風光

飛行的國度有沒有小王子的蹤跡？
抓著飛凌機的手，翻轉
跳到童年專屬的記憶
「抓一隻飛機，朋友擊掌
吞下，再抓九十九隻
就可以實現願望」
而我的飛機，也是被誰抓取的願力？
在這九千公尺，聖母金鑾殿之上

沿著水半球的疆界

想像圓弧的陸地在彼岸墜落
滿載的油輪
如水面一隻緩緩前行的藍鯨
指引，再順著空中軌道滑落
向汽車蜿蜒的海岸打招呼

二、船行

船是移動的島嶼
在前往水半球的偉大航道
深黑的海流高速通過
島嶼在北，風湧
緩步起伏，無鳥
切開秘徑，留下淺藍色蹤跡

彷若古老的古老，便如此移動
島嶼西北，海是夏曼的領域
披著金色鱗甲的飛魚
成鳥掠過
引擎聲唧唧如蟬
白色的海斑是海的驚嘆號

三、蘭嶼

我的文字沾滿海的潮騷
錄下角鴞呼呼夜啼
我的雙眼拍下奇詭的岩洞
仕下瑰麗的珊瑚和魚群
我的身體裏滿熾熱的陽光
順著海的眼睛指引

我的腦袋想像天池的接縫處
日出的溫度
以及照眼的亮黃翅膀

四、離開

航向島嶼
獨立演化的珍珠
轉著自己的時間
鯨豚匿聲的那些黑藍
有自己的方向前進
追蹤浪花
試著想像文明的灘頭

山擁抱我們

溫柔地堅實地
也堅決地推人下水
黑水推我們離去
如搖籃哄我們入睡

回望島嶼
高低起伏的山壁
橫亙
是汪洋中的希望或者
只是思念的起點
黑色的黑潮，沒有回答

二〇一四・六，二〇一七・七修

望安海之章

一、由島至島

依然是腫大雙眼
在早晨急急忙忙探索
確認世界安然照著軌道行進後
自城市的地道抵達機場
揮手，跳進空橋飛離
顚躓的跑道一如昨夜混亂的整理
人生、音樂和作品什麼的
都在爲拉起機頭預備

看見廓清的海岸線
那海潮依稀仍有鹹味
伸手撥開雲層
水半球的海藍誘惑著眼睛
搜尋海的市鎮
是否記起第一次飛行？
世界在斜的飛行中顛倒
海依然在奶泡之下
一飲而盡

薄紗蒙住海的羅列
淡淡的紋路
連著遠方鯨魚的拍擊
或者酣睡的呼聲

由島至島
總是更清楚定位
也等候新飛機的降臨

二、島嶼跳躍

1、用海連接

破海前進
向外擠出的白色泡沫
漂浮在藍綠色的雀躍上
用橋連接海
用海連接天
用天連接雲
島嶼間的跳躍

如燕鷗輕巧
用雲連接島
用島連接礁
用礁連接魚
用魚連接澎湖
對照海圖，繼續航向下一個島嶼
靠的不是岸
是另一方平鋪的海

2、海晚

從日出之海到月沒之島
列島各自獨立
繁忙的神靈操縱時間起落
決定星辰變化和作息

藍黑色的海洋颼來溫濕的風
燒一爐火球，微微垂降入海
添些灰色的雲，刷淡熱度
也能暈成內斂而動人的橘黃
再淡一點，加點蛋青的粉
再淡一點，抹上乳白的膠彩
貼上大片深藍的緞子
筆直切齊，拉著萬縷赭紅漂進海
連接到岸
再牽來一艘貨輪，一串咾咕石
畫成廣闊的晚餐背景，迎接
迷濛的　潮騷的　讚嘆的
海晚之魅

3、晃動

晃動才是島嶼應有的型態
搖動島嶼的波浪，乃至於船
咧咧掃動的冊頁及腦袋
唰唰排出的水
越洋，世界在某處深潛

空氣也緩緩下潛
海浪醉人，和著月
即能入睡
夢被海潮聲舔舐
來回的韻律是溫婉的搖籃
安心被擁抱

4、風化

溫濕的海引領我們過橋
去來一段人生
吱吱軋軋的推車拉著婦人
塗畫上的白粉與黑眉也僅僅是附著，無有表情
黑色束腰纏在花布紅的上衣
有如沉重的怨嘆
或是陳舊而厚重的砲台
空洞，只有龍舌蘭抽高的花梗
高高挺起　發射

5、望安

海浪衝向浮動的島嶼
捎來傳說的回聲，剛爬上沙灘

瞬即退去，連腳步的影子都帶走
某年某月，某艘載著明朝青花瓷的商船
在某個島嶼，搭載了歲月
越洋，卻再也靠不了岸
困隱在海流搆不到的角落
占卜無用的星空，依然閃爍
滿佈家人等待的思念
在某側匍匐上岸的海龜
穩穩地爬著，望安
洄游在生命的深層本能
一邊流淚祈願
一邊產下平安的希望

6、挑選

繞著心形石滬的魚
等待被挑選
我們也以瓶蓋淘選生物
信天翁、綠蠵龜、寄居蟹
如沒能像紅龍果強韌
更能開出碩大潔白的夜之花
人潮反覆無情
每個岸邊皆說明了骯髒的答案

三、夜間飛行

夜間飛行
滴滴發亮的警示燈催亮每一個願望

當一顆飛行的星子
守護陸地上每一對興奮的眼睛
累積美夢

夜間飛行
群聚的燈光瞬息離去
崎嶇的港灣寫下
大型而難以辨識的文字
也許關乎人
也許是海洋的縮寫

夜間飛行
黝黑的綾緞在行列的燈下
摺平

遠方的星點守護船隻
守衛星月與日空互換的每一天

夜間飛行
無星無月，無海無雲
沒有方向的前進
如聽著螺旋槳噪音的戲院
平穩，無有劇情
只好帶著銀黑的筆記離開

夜間飛行
煦熱的雙臂吐露紅海洋
再漸漸轉黑，如同一天
而遠方正閃著雷電

向居住的大島預告我的歸來

夜間飛行
每一個遙遠的燈都是一個星球
一個小而簡單居住的發光體
頭上亦有一盞微亮黃燈　照著我
反射菊島的陽光

夜間飛行
星團般的都市地界富含危險
機翼在抬升與降落間對抗
黑夜尚未眞正離去
日子卻已經到來

四、回望大島

猶未收拾的心情，隨飛機緩緩落下
望著南方天空的雲
靜靜寫下海的樂章
在空中拾取澎湖的餘光
打包，在入夢時繼續享用

從地道鑽回台北
必須先把自己弄髒
裂解成細沙一般的動物
在急馳的雨中
重新帶入都市的步伐

二〇一四．八，二〇一七．七修

輯四　碑文注

A DAY

專屬的電磁編碼自南順行
0與1的傳遞被不安穩的腦波捕獲
敲敲門，�了一圈
才進入握得發麻的手機，叮咚
快醒來，一夜的興奮等待
往返的書信終於傳到
漆黑的眼珠在霧闇中尋求光明
對焦，展開
一天，從追溯彼此的歷史開始
跨向新的未來

日頭延長，將腦袋照得透亮
食物填滿發慌的肚子
配著各色新奇的資訊流動
層層重複
如同訓練有素的翻滾

也開始注意甜膩的餐點資訊
對於爬蟲的愛多了一成，尤其是藍色的
Miro碑前快意地淋著沁涼的水
如同妳流動而成形的水瓶
滋養著綠色的薄荷爬行

當看不見的星星在暗處發亮
一天，重複的旋轉即將終焉

再托一個球過去
關於未曾參與的過去，未及分享的笑語
以及我們柔軟而彈性地思緒
編碼，將熱切的心加密　傳送
雖然未曾在夜空捕捉到妳的笑靨
但慧黠的神情都在
晚安，無夢的妳，好眠
ADAY

二〇一四・十

最溫暖的季節

來，不要怕，跟著甜膩的語言
前進，即便可能墮入沒有出口的圈套
妳將會獲得甜蜜的預言
一串釀酒的情詩
一個想念的皺眉
一起攜手的夢境
一行格子的旅遊
妳聽，冬天輕輕悄悄在酒杯蔓延
醉人的季節即將到來
親愛的，火燙的心足以加熱整個冬天
遍佈藍色火燄

來，跟著走，不要害怕
文明初啓，妳是否閱讀到天候的變化？
海堤邊的說書，間雜跳躍的思緒
連結星子，說一串神話故事
抓取偶然經過的飛機，祈願
再隨著風車轉動，灑出滿天的晚霞
妳看，海濤緊貼著岸邊起落
最溫暖的季節即將到來
且窩在被褥，延長星光
說一個連樹洞都沒有聽過的秘密
閱讀，尚未被寫下的故事。

二〇一四・十一

入冬

成串的白霧蔭著藍天，五月
靜寂，天空連不成段
破碎的光之絲線，有花旋降
如果我們沿著光絲爬行到青空上
如果我們……

連蝴蝶都忘記起舞的秘徑
沉默與我們並行
細碎的話題改在內心小劇場上演
嗯，啊，喔是失語期間常用的字彙
將承諾折成飛機
載著過往親暱的言語，投向山谷

那邊可能鋪滿陽光
或者遺忘
含著血痕，成爲新品種的雪

石子路上滿是破爛的雪泥
理不清是哪種情緒
哭泣、憤恨、疼痛，更多的是封閉
背與背相對。
五月降雪。
苦寒，帶著赭紅的心在慘白中盛開
無法思考的腳步一路踩踏
汩汩流出的血跡
染遍整個冬季

《新地文學》第廿一期，二〇一二・九

畫外音

結婚典禮的座位面向黃昏
沒有拆封的餐具和紙巾安靜並排
一個不再承擔姓名的言靈
在照片中歸位
有風流動，串起無聲的世界

光線進入相片，時間便已死亡
某些歡愉的悲傷的光暈
反射，在腦袋彎曲的白幕中
層層嵌入、疊映
歷史是小戲劇們，拉手跳舞

和面對死去的人一樣
無有語言

飄過眾人發亮的眼神
熟悉的面孔帶著祝福去看你
聽著肢體中的唇形，撮合
遙遠的、不眞確的記憶
人群之中不會再有我的座位
俯視才是唯一的角度
不可在場的證明

讓離開成爲一種美麗
美麗的成年童話被咀嚼成形
你的生命翩然，破蛹而出

爬出晦暗的束縛
我們的故事只有一首歌的時間
這一首不是我的主題曲

那年冬天，沒有一封信送達
大雪冰封
不復有路

起落

以四個小時飛越了白天到黑夜
降落，在答答雨棚
開始裝載新的分秒時間
以及思念。
思念寄生的文字有沒有靈魂？
跳動在一線電纜上的空間
密語經過編碼輾轉傳遞
而高高舉起的興奮總是易碎
笑靨在視窗關閉中
應聲破裂
摔落一地的文字

顫抖的回音在耳邊吶喊。
你總是吝惜一個簡單的道別
而我每日裝載的想念
也不停飛

《新地文學》第九期，二〇〇九・九

角落

每一個角落都窩藏記憶們
黏聚貓毛團，與上個噴嚏飛出的時間
相距三種品牌貓食

堆疊著的各式箱子，酒瓶橫躺
新鮮空氣不到的國界線內
沉積著，魚的屍體
豢養的日子最終僅餘骨骸
而半片蝦餅又是哪次製造的殘留？
灰著空氣的記憶晶片
訊息在搔動著鼻腔黏膜

噴噓連連

被驅逐出角落的你們
說好以默片在另一吋大腦皮層底播放
已然空曠的一角，卻什麼都說了

《新地文學》第九期，二〇〇九．九

喵札記

一

喵咪　午後陽光飛行的毛絮
一如我們細碎的交談
書櫃上、被單上、還有更多即將離開喵咪的
黑白雜毛，細碎地被陽光拖起
等待進入呼吸

二

手掌拂起暖風
蒲公英種籽白色而柔軟地航行
種人黏膩的頸邊，扒抓著

午後陽光與紅茶的灌溉
喵嗚　長在耳邊的喵咪甜甜叫著
爪住頸子
賴著不願下去

三

進入血液的貓毛開始運送睡意
呼吸管緊縮，堵塞時間
在你擁抱的雙手到位之前
一張嘴，同貓咕噥
在豢養中
等待另一段豢養

《新地文學》第十三期，二〇一〇・九

女巫的花貓

女巫的花貓躲進尖帽子裡
充滿酒氣的嗝又醉了一次
沾染記憶味道的是
跌倒的酒瓶、冷酷的義大利麵
拆除音箱的昏暗光線，吱咂
吐出凌亂雜毛

一杯加冰的貓草夠嗎？
紅色潮水漲退，在臉上
眼角深深鑿刻海灘的腳步
印記與潰滅

用胳臂支撐的足跡趴在桌上
留下小淚滴和懶懶貓尾巴

湧上的淚滴成了陣雨
城市的黯沉被漆得水亮
路面慘綠，劃過新的車痕
旋即被另一道車痕覆蓋
花貓在後座，爲了記起什麼
斜斜歪倒

二〇一〇・九

一如往常地比你早起

一如往常地比你早起
疲倦尚未散去，右肩
睡死了隻貓，甜甜黏黏
窗簾包覆的天猶未醒來
空氣滿是蘋果的香味，在頰上
緩慢地芬芳
不張開眼睛是現世的瓷觀音
包容所有的
溫熱而靠近
我曾在那個苦境中遇到風雨
睜開眼後，安詳即行離去

在椅子嘎吱聲中，一個翻身
是二十句抱歉，連鬍子都縮著
失落

夜航的班機

夜航的班機在酒醉中
被擊落，除了酒氣
散亂的組件佈滿山谷
暈著頭　顚躓的雷達
不知如何湊齊
再度飛行的夢想道具
一千種譬喻就在腦袋裡
摺摺疊疊　再拿出來燙平
再自己放回去，摺疊
那些爲了哭而歌唱的音樂
只是不斷阻隔的堤防

正等待更高的浪頭打過
血液依然會回到心臟
但是帶來的眼淚卻無法排除
直到完成防腐
親愛的，還有很多話要向你說
那些燙了又皺的思緒
一年來的沉痾
需要再一千年的吐露
用更深更深的擁抱
撫平

巴黎小姐

疼痛向我說聲早安
嘰哩喀啦的脊骨在台北醒來
在法國，巴黎小姐剛熄燈多久？
換算的時間恰可以熟兩張蛋餅
我決定等鐵塔下雞啼
等她發現自己又水腫幾公斤
嚷著快要遲到像瘋婆子，計算出
前一夜酗了幾瓶酒，哭過幾回
深紅的月亮才悄然出現
夜的左岸，咖啡香氣依舊嗎？

清晨台北，我想偷偷向巴黎傳話
幫我向店長問好，被子不要踢掉
醒來時蛋餅就在桌上，時區記得要暫時調回來
以牆上大鐘爲準，十二響後
妳會從床上彈起來，乖
妳會這麼做的

也許我們會拉緊兩條經緯線
在台北的巴黎相聚
點一支波爾多，邊抱怨亞熱帶的濕與悶
逼貓咪先去睡覺
讓厚實的熱唇緊貼，舌頭過了界
在蟲洞裡品嘗無人知曉的甜美
再行離去

我會送你到仰光，一路聊下去
直到中東月涼的沙漠
然後乾脆搬椅子到莫斯科，在紅場
和妳談論晚餐羊肋排的香辛料
直到星夜在無聊的話題下呵欠瞌睡
再回到台北的床
整頓勞累的脊背

晚安，巴黎小姐
月亮已經升到頂端
談論的電影將在夢裡持續催淚
沒有小夜燈及貓毛般的床邊故事
我能做的便是溫杯咖啡　給妳
用手心溫度，帶來清醒

再偷偷摻入各色甜膩的文字
完整地　擁抱著妳

《新地文學》第十四期，二〇一〇．十二

格外想念

黏的濕氣，不安的記敘
來回兩個都市間，格外想念
遂貓著身子　隱匿到你的窗緣
偷偷翻閱缺席的故事
只有兩隻貓注意到我
而睡得漲紅的臉頰
磨著令人討厭的夢

格外想念
在月亮還沒磨光之前　勾起
那些孩子氣的行徑

收起虐待小動物的趾爪
床的另側睡著一隻思想的魂魄
有點擠，但沒關係
笑著一起到遊樂園去
洗得透亮的日子就坐在那邊
等待被拾起

冷眼

睜大眼睛
直到什麼都看不見
張開嘴，讓空氣自行進入
雙手如蒼蠅般搓動
讓腳自己行走
只要固定的動作
多餘的思考退回出生原點

無意識地抓著頭
掩蓋一隻眼睛或全部
嘴角拉到哽咽的角度，抽搐

就讓眼淚來安慰你
用最舒服的角度　放鬆脊椎
低下頭可以快一點擠出淚水
也把自己
擠出房間

如果沒有效用
就用最冷的冷水沖打
直到所有的血管縮得小小
看指尖的皺褶不斷增加
所有的人物縮得渺渺
只剩下遙遠的呻吟聲
讓所有感官習慣同等冰凍
讓頭子被空氣灼傷

才搖搖晃晃地，摔在床上

張著眼的瞎子
房間塞了太多飄泊的語言
我們該保持冰凍的心臟
讓血液如冰河潛行
拔除聲納辨識，不再算計
每一句話的重量
只有脫下眼鏡之後
視線映照眞實的霧光
而那些遙遠的成像
都已不可觸及

哄自己入睡

一

茶葉枕沉澱各種記憶
眼淚被夢吸收，裂解成粉末
定期更換像故事考古
總是會撿到一兩片
季節殘餘的光

二

寂寞與依戀劇烈爭吵
房中的火勢忽大忽小
所有情緒焦裂

寂寞不想寂寞
依戀負債支出

三

房間在無數次的清掃之後
發酸的氣味早已遠離
但螞蟻仍在妳頰上爬著，嗜苦
衝突的火焰將內餡烤得焦脆
外層新灑上白糖霜
也沒有用

四

給予的前半卷是初撥開迷霧的島
島上的美麗尚在醞釀

妳未能留下，一同舉杯
原來早已酒醉

五

把齒關咬緊
不讓任何一隻魂魄逸出
爲你失神

六

每一道手工都揉進靈魂
針織圍巾，歪斜的詩句
一桌擺盤完美的菜餚
以及眼神中靜靜的擁抱

鬼王

蹲在牆角，或坐在樹梢
這些不願意離去的思念
只有冷冷的蒼白，長滿臉
或爬滿憂鬱的氣根
而我是鬼王，帶著你經過
沒有任何膽敢侵犯
陽氣旺盛如夜間的太陽
刺痛那些灰暗的餘光

沒有鬼王的日子，你又經過榕蔭幾次？
是否被那些冷涼的無聲氣息

騷擾而煩厭？
每個人在心中都養了一隻鬼
去刺傷、去咬下頭
然後排隊站在樹上
而我是鬼王，徘徊於樹頂
窺視你，經過的臉色竟和我
幾分相像

氣味

重疊時間的暗影，在房間
開門離去，驚動門把上的風鈴
默片闖進了聲音
氣味蔓延
遂躡著腳，跟隨鼻子一起演出

用口頭禪記起你的聲調
用相片爲陰影塗上顏色
髮梢用洗髮精記起你的味道
身體用床單記起你的氣味
以及偶爾闖進的兩隻貓

在每段寄居時緊緊擁抱
短暫依賴各式的殼
用過的杯子、帶有香味的髮夾
被激情扭下的釦子
無法遮擋柔弱的身軀
卻只能背負著

將最後的氣味留在身旁
嘴唇最孤單的抿著
忘記屬於另一片的紅嫩
套上穿過的衣服
眼睛閉上
就能握住手掌

下一個冬天

將沾滿淚水的記憶拆下
送洗，在天氣好的時間曝曬
也許讀一封沒人回的信
收起摺疊
將一箱滿滿的陽光留下
預備給下一個冬天

炸彈

老舊的警鈴切割耳膜
探進內在記憶
演習開始了，即便已演練數次
卻仍然措手不及
就這麼一顆重磅炸彈
自堅定而蒼白的嘴
投射

出口

夜的塵埃悄悄黏在每一個枯瘦的靈魂
抖不落，沒有節奏足以驅動。

倏地
大雨
所有驚呼爆出
聲音找到縫隙

無聲

落大雨的世界是孤零零的
雨點吸卻所有聲音
過多的音節就全部沖進下水道
再沒有人聽見彼此的話
我們開始學習唇語，揮舞
更為抽象的雙手

離別是安靜的

離別是安靜的
穿過透著光的雙瞳
放空的洞穴中　一滴
不預期墜落的水珠
震得轟轟鳴響
水窪溢出，躍動著
安靜的聲音
緩緩鑿成整個洞穴
水邊的藤蔓從不靜謐生長
悄然蓋滿
揪緊整個跳動的湖面

夢境

這是一場只有我知道你在的夢境
無有聲音
無有體溫
但溫暖而羞澀的氣味佇立著
淺淺笑出，貓一般
注視，深怕被眼神攫獲
故事爲你編寫
專屬的電影院是奇妙的空間
沒有人，在場

昨夜

昨天夜裡你來拜訪我
在鐘面打滑的足跡
擦亮讓整個黑夜痛哭的火柴
照見一瞬幻影，便熄
但是整個房間都亮了
自憐自愛的黑再也藏不住
翻箱倒櫃，尋找救贖的象徵
咀嚼夏宇的十四行詩
淚光中有水銀落地

信箱

空蕩蕩的信箱堆疊往事
已讀的黯淡色調砌成磚牆
那些日子步調太一致
離開後就沒有言語
只有舊的哭牆

到垃圾桶裡撿寶
敲開某些令人興奮的標題
卻沒有帶來新鮮氧氣
只是聊以打發
一格一格的氮

傷心

一鋤一鋤擊在柔韌的心上
碾成粉末
如果無法熨平，那就暴力地
捏碎　止癢
再各自被血液帶走
阻塞旁觀的血管

傷心沒有疤痕
沒有斷肢
所以不斷切割對方內心
不帶憐惜的字句

甚至
上癮

光年

四個月前的光芒
原來是你費盡燃燒的最後一口氣
我站在島嶼
觀察與被觀察
直到星球的光束不再拜訪
謝了整片春天

四年之後，偶爾觀察到星球閃爍
那些屬於宇宙的雜訊
只是最後的光線反射
輾轉傳遞中遠望
死透的時間

你並不這麼堅持

說好要當鄰居
敲敲門，閒話今日的討厭人物
一起批評愚昧的高科技頭腦

當鄰居在忘記鑰匙時有備份
貓狗和植物互相照顧
乃至於濃縮愛情的汗滴

不想見面時可以回到房間
不用理會另一張吵鬧的嘴臉
以及帶刺的眼神

直到美味的湯化開怨結
在影集中忘記生氣的理由
說好之後要當鄰居
但你並不這麼堅持

立碑

習慣了黑暗。
腳步聲忽大忽小
過往的記憶失去了光照
默默地踩踏
跟著沒有影子的步伐
跳一支舞
滴答滴答繞成個螺旋

妳是遙遠的河道
是河道上的石頭，擊出的水流聲響
刻滿青苔覆蓋的訊息

給她們的，最後只有一塊碑
應妳的要求
即便在妳已然遠去的時光

妳刻上自己的名字，在碑上
妳建造空間，遮蔽河道的陰鬱林子
林子中的岔路只有黑色的光
哪一種選擇看來都一樣
妳為她們立碑，抹去籍貫
順便把自己也埋了進去

妳仇恨虛偽的世界
妳所敵視的我是不是應當更加憤恨
直到妳也覺得莫名其妙為止？

喵嗚一聲忘記那個生氣的人
妳撕裂故事　摔破胃袋
為自己紋上疼痛的刺青
以血為樂
恨恨地甩頭，直到喵嗚的氣味離開

緬懷與憤恨，輕得可以攜帶
難以知道旅途中，幾時才會磨破
而遺棄
偶爾我會去看妳，陰暗的林間
但避免讓妳認出（那會讓妳生氣）
妳終於也成了座碑，碑上猶未銘刻年月
我仍未睜開雙眼

時間在我們身上留下灰漬
所謂的記憶都是浸洗出來的髒汙
黃的灰的還有油垢
但他們都很美麗
不論是開心的不開心的
所有該流走的情緒都已脫水
用玻璃罐裝起泡沫
不帶情緒地作業，上架

所有故事都擺在閴靜的房間
沒有邊界沒有影子
陰鬱的架上整齊排列
罐裝的美麗、罐裝的情緒
貼上編號，索引

方便在任何相似的情形引用
我們都在等待罐子破碎的瞬間
無法再有希望的分離
才能放下

黴

濕透的心思緊貼著毛孔
無法排泄的空氣也浮腫起來
過多的煩悶攪拌著令人大叫的啊啊
捂耳，始終無法擰乾
黏著黴味的畫冊從鼻子爬進心裡

沒能維持一個姿勢
扭曲，像幅抽象繪畫，塗塗改改
青藍色的故事我都聽你說過了
關於加了辣椒的的茶席
那一抹紅鎖住眉頭

瞅的面無表情貼在畫冊上
光鮮的畫冊表面
每頁都有歲月補上幾筆黑炭黴灰
執念緩慢而確實地爬著
即便如何平靜都要幽幽地表達
你說，每個人的傍晚總會碰上落雨
而我們都應該懂得

輯五　考古

扭曲

手術台上的大體被喚醒
離開深邃的幽谷
強行拉攏的皮層被釘槍合起
在傳遞中斷的神經末梢
打著一次又一次的架
那是一條鎖鏈
鎖住自由的骨節
血液抽乾再重新注入
流失了木質的堅韌
原本的自己
是不是有個人該被新的成分記起

刻在基因深處的秘密
或者，以模糊的面孔活著
像一場從未醒來的夢
在泥濘中爬行

時間將我拉拔起來，卻又輕易地
弄彎
與地心引力的抗衡戰鬥
曾經取得短暫成功，旋即
失敗，如同人生的方向感
一種譬喻，體內過於嘈雜的打鬧協商
一種身體審美的方式
決定的錯誤決定不斷發生錯誤
只好繞回，最初的直覺

我和我彎曲的身子骨
暫時和平相處
繼續緩慢地互相扭曲
所有的時間都銳利如刀，銼鑿
直到下一次的昏迷與修理

洗

白色的水花不斷地開落
青黑的瞳孔順著瀑布沖下
靈魂從手腕洩漏出來，一次
一滴，在寶紅色的水面
我看見自己被包圍，而那團紅
漸漸冒出了頭

拉開釘書針絞成的拉鍊
脫掉一身發黴的膚色外衣
如果融化在水裡可以徹底洗淨
滑落的泡泡必然是灰色

煮過的、骯髒的血
蒸發後再從排水管爬出
也卸下筋骨
其中的年輪是否疏密分布
在抽咽與放浪間，取得記憶？

重新套回皮衣，擦乾拉緊
彷彿什麼機關被重新開啓
喀嗒一聲，運轉，轟然地跳動
擠送新生的血液
靜靜
流淌

老朽

老邁的紙張繼續走了下去
和帶著黃邊的中年書本相比
酸味是重了點
舊窳的體味也許是在地窖蔭陳
潮濕一整個月後
由時間慢慢烘成均勻的
木質的黃，有如一棵薄薄片下的樹

翻開叔公的畫冊，日本時代以來的色彩
都已褪成淡淡的虹
渲染成一抹古氣地微笑
是昏慕，關於未曾見過的親人

封面浸染汗水，手紋刷黑
手工刺寫的書名牢牢釘住
像不能被忽略的名譽
也像是某些忘記姓名的
失智者，需要一再提醒
自己曾是溫柔而掛滿驕傲的枝幹

書腰掛著疲勞的索書號
僅是浮著，再抓不緊時光
內頁長滿胎記　無法癒合的傷疤
貼整的膠皮是醜惡的矯正器
最後仍將虛弱而發黃
然後在某個年份，被訕笑衰老而拋棄
也許可恨地成爲新白紙張
化身未來，但重回荒蕪

身體不屬於自己

柔嫩乳房經過神經快遞
小頭勃然吹著口哨
被敲擊的膝蓋抖著節奏
與電擊後的肌肉痙攣一般
如傀儡舞想
沉默的肝臟自閉　絕不開口
大夥們都不受控
身體不屬於自己

油炸類食物增加大腸癌機率
PM2.5 影響每一天心情
燒炭的人緊急救治

醫生開立打噴嚏藥劑
食物入口前要加熱各種病毒
健康是生命參數的總和
不容許傷害身體
身體不屬於自己

網路上流言互相批評
互相束縛彼此的決定
聽說韓系眼睛現正流行
附帶人魚線的鮮肉甜美可口
非洲芒果貌似減肥利器
抽菸的人躲起來自我管理
我們在精神萎縮的橋上
茫然尋找
屬於自己的身體

浮沉

將白日濃縮進黑夜
將夜摺入夢裡邊
一條條竹篾編織的舢舨
在床上，穿過熱河
渡向迷霧彼端的夢境
等待所有離奇的事件　重組
等待一雙平靜的手

零式戰鬥機無聲無息
靠近，擲下巨大的閃光彈
什麼東西都清楚了

舢舨瞬地解體
載浮載沉，預想的手從未出現
也無法深潛
直到清涼的晨氣以鳥鳴聲
將我勾起

航向夜的旅程已經結束
我卻尚未抵達……

陽光視窗

一

思念，就望向閃動的格窗
妳的陽光自ＭＳＮ傳來
閃爍的溫暖，提醒注意
注意妳說的每一句話
我的雙手靈活舞動
彈奏半吟半誦的流行歌曲
即便在深夜
依然有乾燥的香味

小片窗帶來愉悅的對談
時間在睫毛之間刷過
揣著部分貼圖，留到白天
細細品味……
在公車上，一大片陽光曬進
像妳輕敲閃爍的對話
總有些可愛的字句
等待接收

二

今夜的文字找不到節奏
視窗遙遠而灰暗
急切的呼吸中，妳的笑靨

僅僅照亮
一秒，隨即黯淡失落
世界進入黑洞
一切的死亡都歸因於原本無光的眼睛
必然　而無氧

忍住不點開最後傳訊
讓暱稱保留陽光
閃爍，持續放送美好想像
燃燒自己　就好
鍵盤乾澀，不再迴旋輕快節奏
無聲的對話充滿房間
盡是自己的回音

扮演

一個視窗是一張臉孔
每個語氣都在演繹
最稱職的自己
不用張口的對話
像是與未知世界的喃喃自語
連結孤獨無助的魂靈
直到時間暫停

晃動的陽光視窗裡
陳列著包裝過的資訊
易懂卻誤讀的符號

帶走了文字的韻律
簡單的愛與恨，在其中流竄
漸漸長成
一株追著手機光線的植物

結案報告

把企劃書的目標寫成競選政見
美好而空心的氣泡
把挫折減毒成疫苗
埋頭工作，喝一杯慢性自殺的毒飲料
把出生日期轉換成出廠日期
保存期限每次延長一天
把告白承諾寫成使用說明書
分手則是脫落的保固貼紙
把畢業證書沿街貼成廣告
把存款簿一格一格做成籠子
把結案報告貼上完美照片

把死亡證明填成收支報表

把收支報表轉成生涯績效
過於完美的照片，就封存硬碟
把籠子拿去關無良雇主
大學廣告排名之必要
把保固貼紙的電話設成空號
分手總是告白時的唯一結尾
把人生保存期限無限往前調整
使用說明書需另外投保
把狂飲毒奶當成人生的無奈
預防針永遠是中標的前兆
把一年份的結案報告從泡菜缸中撈起
那企劃書的氣泡，兀自誇耀

鐵路電影

固定座位的鐵路電影
兩個小時，觀眾出出入入
設定好的背景偶爾會有新大樓插入
或是隨著季節，改種不同作物
但與地理課本大致相同
單調的配樂主要搭配風景畫面
偶爾過個山洞，中場休息
再一個山洞，看染黑的烏雲北逃
也試著把鏡頭調回觀眾席
後設的角度看小孩吵鬧
或是不專心的觀眾玩著手機

直到電影即將播畢，閉上眼睛
成爲昏沉的鐵道背景

世代的旅程

紅色火車是連結森林的抽屜
打開就放著一本照片集
鐵道蜿蜒，哐啷聲拉轉五十年
錯過的日出只能在照片堆中搜尋
拼湊未及參與的旅行
那年少的父親，青壯如檜
也緩緩地成爲許多故事的人

森林依舊用年輪記錄故事
我帶著數位相機，找尋同一場景
林中的枝幹層疊皴點

該是高挺的傳奇
卻已然死亡
滿覆的苔蘚猶如化妝師
泛著常綠的好氣色
讓放倒的神木保有尊嚴
彷彿未曾腐朽離去

或許我們擁有的，遠比已知更多。
斜漏的光悶悶跌落
在姿態各異的神木群裡揚起塵灰
在枯朽壞滅的樹洞
重新冒出新芽，接續老欉
嫁接新的日子
生命肆恣繁衍

包容在阿里山巍巍的歲月中

火車拉著不同世代前進
我們共有的旅行，卻仍未鳴笛
得在雲海吞沒日頭之前
合照，聽你數算空間的改變
一片森林，兩個靦腆的笑容
依著山繁榮地抽長

二〇一七・四

肺腑

一、疙瘩

那肺片如刷過鐵鍋的海綿
外膜沾滿烏黑，泛著油光
而那一顆疙瘩，似要辯解什麼
但又無言
吸滿第一口世俗起
這原裝的空氣濾清器從未換過
吸收與助燃功能堪用
但日子卻越來越毒

二、咳

在快速起伏的胸口
一隻年老的獅子
在體內噓喘著
嘶嘶的氣音吹得胸毛都白了
咳不走的是　無法成寐的夜晚
卡在肺葉，被濃濃的痰
牽引，只剩半口呼吸
沾滿黴菌的生命
也許將化成巨型蟲草
病成一隻藥

三、渴

呻吟式倒吸強咳
每一下都是害怕死亡的抓取
排山倒浪，所有液體奮力尋找出口
連手腕間的脈動都躲藏起來
發抖而無從下針
過於燥熱的唇舌
貪婪地吸吮棉花棒上的水份
像乾癟的乳頭
沒有應許

《文學台灣》第一〇四期，二〇一七．十，冬季號

死亡在進行著

死亡在進行著
撐開話語的肌理
一條條粉紅的，帶點腥味的
黏稠跳動，緊拉著關節
一根根　不放

死亡在進行著
將所有筋絡擰成一把
抖動，再分開彈撥
血液載著音符踢著節拍
如一根弦　傳送

破敗的美麗

回到最初，流著紅色血液的肉塊
沒有溫度的視線
沒有溫度的手指
飢餓的骨包著皮
鋼鐵的力量打穿血肉
不用愧疚不用擔憂
每個張大的口都是一號表情
沒有趣味可言

試著吸菸，從內部開始死亡
死亡如同火焰強行擁抱
進行分解的研究

內在氧化的秘密暴露在
氤氳的儀式中
濃縮成黏鼠板的眼神

死亡在進行著
靈魂都只是飄渺過客
不一定適合借住
剔斷煩惱
然後在沉積過久的暗紅流盡之前
拿著紗布，假意包紮
讓我們扭曲的筋肉
反轉而疼痛

清蒸

喜宴上一盤處女蟳
不要炸，摻一點耐心，清蒸
滿佈蒸汽的透明鍋蓋
即是殺戮現場的噴霧濾鏡
掩蓋我們的憐憫
冷冷的身軀
扭曲、拉展、無聲呼嚎
直至流汗脫水
劇烈的氧化燃燒生命
絕望的疼痛是饕餮精華
無上鮮味

翻開鍋蓋的手充滿半焦的血印
一層皮就留在碗裡

剩餘

剩餘的蛋糕分享給朋友
剩餘的價值擠給老闆
剩餘的軀體交給時間
給後代用剩的錢渣
自己無法剩餘

剩餘的感情交給牽手的人
剩餘的火光看到天堂
剩餘的菜餚是遊民的希望
剩餘的大骨給狗磨牙
自己就是剩餘

塞進去

找一個胸腔塞進去
餵一些渺遠的感情
痛過就忘的知覺
黏上幾層肉、幾層皮
讓骨頭搭建的房間保暖
感覺有點穩固　有點安全

找一個腦室塞進去
記一些虛無的情義
時間淘洗的知識
用厚厚的水泥殼糊起來

種上幾莖白草
感覺不好也不壞

找一個骨盆塞進去
想一些過去或未來
身體摩擦的感動
搭建滿是漏洞的溫室
吃葷的牲禮是神與人的邊界
蠻荒又美麗

腦袋集

一

堆在腦袋一隅的思想
如同等待被考察出來的文明
沒有發掘即是消失
理論家的影子偶爾出現
咧嘴扮鬼臉
一跳一跳躲入考古遺址

二

尋找眞理請用舌頭
舔舐，用牙齒咀嚼

無法消化的理念
卡在胃裡，層層包覆
結石，卻又怨恨這些硬塊
傷害自己

三

把腦漿餵給他，他給我一段靈光。
向左蜿繞，折成他要的形狀
照他的規則行走
在迷宮外，麵包屑已經被搬走了
而大腦皺摺壓得太死
我還來不及對應分類編號
尋找步伐節奏

四

增殖一份腦袋給你
強加一個腦袋給你
（屬於我的無性生殖）
血液帶著固體的思想全身循環
填塞重複的舉動
餵養恭敬的僕役

五

回憶需要水份運轉
乾固的腦漿無法讀取
記憶的黑盒子
真實或加工僞造的磁區

眞相不明
集滿感情的頭先行剁去
我們再也不苦惱了

六

養好的腦袋
思考各種賣出的方式
雖然大腦右前葉已死
或者佯裝死亡
釘封在不容開啓的哀愁下
偶爾有堆肥的汁液漏出

冬季

十一月的桐花與冷冰相遇
終於，在對的季節
降雪，沒有憾恨
在那不可名的定情小徑
將長久住著愛之雪

十二月的紫荊燃燒天空
補足陽光的貧乏
我們總算可以公平地分配
惱人的炎熱
讚嘆這美麗而溫暖的冬景

衛生棉男孩

男人在的時候
就不需要我的陪伴
當身邊沒有男人擁抱
向我吐腥紅的苦水
而我報以溫柔的輕撫
私密地接納
在你的矜持處
我幽暗多孔的心靈

樹

太陽被摒除在國度之外
篩掉火辣辣的光線，臂彎枕著
綠繡眼水一般的歌聲
知了逃離頑童襲擊的樹幹，逃不掉的
是抓得緊緊的蟬蛻
新生的飛走了，老年樟樹的肚腹
卻更粗壯，填滿土地的故事
森綠撐起每一片憂鬱的天，而落葉
夾註生活扉頁
一翻開就是夏天

蟬

阿嬤您還好嗎？
睡在這艘放置家中的木船
船艙放著檀香茶葉金紙
防止您過度緊張流汗
清爽地地划過滿是阿彌陀佛的音浪
溫和而重複的誦念
海象應該平靜吧
日頭和熾熱的夏天一樣嗎？
那就到地底躲著
（到黃泉，找一個人，結伴）

早晨的陽光如黃紙，薄薄燃燒
熱度一蹦即裂
灼亮的火光照在水泥牆上
拉出黝黑的影子
人形齜牙糾纏，討論光之外的事
不是眞鈔的金紙
不是熱的火
沒有到場的蒞臨

對著銀紙吐氣除穢
也吐掉身影和思念
幼時依偎的家族合照
早已如蝦蜷起
像您艱難的炒著菜，試著挺直

冰箱用完了食材，只好冷凍軀體
直到庇蔭後人的時辰來臨
退冰，入壙
也退掉了人間
趕緊縮成很小很小的蟬吧
吸食木汁土氣
在某個火夏中
重生
（到黃泉，找一個人，同行）

說書

廖添丁擒打楊啓彰，喝哈阿噠
粗獷的濃重腔調傳來
熟悉的氣韻，放送傳統的說書
其實這兩個角色聲線，我也聽不出差別
師傅老了，除了流利的對白和疼痛求饒的顫音
這場架倒是打得莫名其妙
吱吱喳喳的沙啞聲揚著義賊的神氣
每到重要關頭
公車鬆動的窗和乘客鼓譟吵鬧，擊掌叫好
全然不理會我這個聚精會神的聽者
自移動的冷清戲院走下

宛如看完半齣黑白電影
他們都老了，我踩著他們，一腳就是七年。
而眼前的路，筆直地拉開

人取

那天，我差點成爲人取橋的特產
吶喊血戰
左眼幾乎驚醒了過來
帶著大將的尊嚴　逃亡
鬼庭血花飄落
回眸，人取端坐橋頭

殘存的馬印正急著過河
最後一方竹雀紋
立在本陣，我的背上
附帶鐵砲五發，弓箭一枚

疲憊的獨目，嘶嘶哮喘
紅豔的鮮血爲我的魯莽重新開眼
佐竹馬前，討取二字扎手難寫
就卡在奧羽幼龍的喉間

來，笑一個
其實生死沒有這麼沉重
就短短地藏在舌下
「快，幫我介錯」
要迅速，別沾黏皮肉
在那天，我差點成爲人取橋的特產
腦袋開花　花謝燼落
和我的左眼一般空洞

衣服穿人

努力把自己塞進合適的尺寸
版型是絕對的美
袖口褲管之外，就是自己的責任
我們沒有特製剪裁
只能依著衣服美麗
期待一個被注目的日子

爲了迎合包包，我們戴上其他首飾
爲了塞進釘滿珠片的窄裙
抽脂、節食還有緊縮的絲襪
沒有肩膀的，墊肩撐起襯衫

如果腳板太過粗大
那就明快下刀，如切削鳳梨
一切都是為了美麗

老男人

老男人是一身油垢的老狗
自私
固定
不愛活動

老男人喜歡對著年輕女子
炫耀過去的功績
努力再青春一次

老男人重視面子
最帥氣的相片都印成名片

「我和你們所長認識知道嗎」

老男人沒有地方喝酒
沒有一本書籍
電視名嘴整天浮談政經

也有的老狗避談過往
不看未來
尚未意識到現實的存在

從遠古投石守衛，摳鼻打屁的社群
一路挺立、脫去野硬鬃毛
修行或者演化
卻始終是隻老　男　人

我以後也是
老男人

月

在割耳朵的月亮下
都市被裁成藍黑相間的紙雕
微微透亮，也微微發痛
過於圓潤的故事都已奔向他方
獨自保留的高樓公寓
緩緩滴進冰涼的光
張成窗前浸人的滿月
不時拿出來高掛
割人的頭

曬月光

割人的秋月把快樂削得尖銳
刺入發燙的心跳
每深入一吋
都有致命的冰涼感

疼痛的問題比消去的多
只好將自己也刪去
一具陳腐發臭的物件
拉出腸子，掛在彎曲的脊椎架上
放涼，免卻煩愁

削筆

割斷阿基里斯，打直腳板
放進削鉛筆機中
先是皮膚，剝除的硬繭
尖叫傳遍全身
在腦袋碰撞逃竄
轉一圈，削過趾骨磨平腳踝
所有的細胞一起吼叫
神經共鳴從口鼻衝出
單音持續拔高，黏垂的涕泗糊住
人類可理解的語言
再削，一次轉動一格

地面滿是排泄物
片下來的肌骸在盒中蠕動
哭泣，紅墨水不住滴漏
除了骨頭不得不硬挺
所有的部位都已經軟趴
直到脛骨都削尖了
拿著筆，卻忘了捕捉到的意象
一逕沉思
墨水溢漏
未曾知道削過什麼

齒

「原來有這樣的人啊！」我對犬齒說
刷亮的你們比大人更潔白
撕裂與咀嚼是食物昇華

「原來有這樣的事啊！」我對門齒說
你們更可靠，不用吐出言語
就能知道我的哀傷

「原來你是這樣的啊！」我的門齒說
咬合，切下
忍一下，不要害怕。

召喚

我們安心地跟著公車前進
在溫暖的排氣管後
沿路向大樓行注目禮
鋼骨大樓上的十字架召喚每個人
進駐城市，排隊，魘住一般，前進
沒有目的的跟從
決定工作決定像狗決定被迷惑
在雨後的北城，雙塔的入口

我們瘋狂地建設墓園
預備進駐後的軟性死亡

在四處聳立的十字架下，我祈禱
祈禱這墓園不是我的
下一刻卻是被吊起，成爲建材
釘上去，用螺絲狠狠固定
排隊的人們，一個又一個被吊起的鋼材
每一根生鏽的鋼都在雨中流汗哭泣
發出嘰嘰的聲音

我們決定了死亡的墓穴
購買小而溫馨的未來生活
牽手，進駐
一格一格的靈骨塔位
十字架依然矗立在冰冷的雨中
狠狠釘在城市的心臟

白色國度

白色房間被陽光喚醒
重新鬱鬱的一天
換上乾燥床單　把量血壓
預約一個安靜　安靜的早晨
除了咳嗽聲
推車躁動地哐啷哐啷
是眾人緊張的聲響

這裡是白色的國度
夜晚不曾到訪的城市
透亮的燈光總也不滅

各種苦痛被驅趕至陰暗處
而生命的度量
如影子伸縮，來回反覆
光亮之處可能更接近
生命與眞理的道路

時而召喚白衣天使
在小隔間來回穿梭
每一次拉開簾幕就是一次希望
脆弱的哭泣或是
頑強挺過去
靈魂的堅韌度決定天使的去留
而非天主的請求
這裡夜晚不曾涖臨

正如同天使不曾歇息

所以我們必須學會等待。

無數段燃燒的夜晚
被踩扁在急診室外
有些還留著很長很長的悔恨
有些只是徒然的存在
直到日光掃走包覆灰白的不安
以及難眠的咳痰
那些時刻
如煙淡慢

駁火

在語言的駁火中
槍砲在空中交錯攔截
激爆的光芒是
試圖維持的尊嚴
一閃，散發仇恨的味道
心情隨之燃燒殆盡

撿骨

陰沉的雲棉從大晴轉來
低低的天捲來風
清明，它說
太過青翠的草皮需要另一種色調
十二碗來生的祝福
依舊擺上新墳，要有完美的背景情緒
堅實的土塞不進白色墓紙
飆飛，旋成半火半灰
卻無力堅持而掉落
野火吞食枯草
化去了冬天的悲哀

撿骨後的破裂墓碑
像一種斬斷的難過與放鬆
只有雜草依然雜草
水田仍舊水田
無雨，我們說
脫去蝦殼芋皮之後
某些陰濕的神經
仍扎在陽世子孫的後腦杓底

一个人食飯

爲著多桑做祭
伊天未光就起來準備
市場賣肉的才來兩擔
水果陳的貨車猶未駛到位
攏會使啦，多桑應該沒遮爾勢揀
非常時期有心上要緊

用上雜亂的步數
打響灶腳的炒菜聲漱
粗 lin-tsín 條佇鼎頂參高麗菜片相觸
煎匙共油鼎吵佮紅耳目赤

魚皮佇中間，毋知該如何
規氣放予伊爛爛去
湯焄到糊糊，連電鍋也險險袂記插落

一个人做飯
一个人面對柴刻的多桑佮祖公祖媽
彼時流膿的空喙猶閣佇心中翻痛
病變的細胞跳島攻擊牽手親人
這馬猶未轉來，家己也遮痠遐痛
假喙齒振動　跤頭趺退化　目睭痠澀
頭毛予憂愁染甲白鑠鑠

一个人煮菜　拜拜
一个人食飯，陪多桑
嘛等待彼个煮飯的人

人生走跳

行頭前
社會親像猛虎戴頭毛
遮袂使做，遐毋通行
講未通煞來共阮咬一爿

行中央
朋友死忠若狗擛尾溜
但有時嘛會番不直，冷冷激氣
雄雄 thi 喙就欲咬尻川

行後壁

政府烏暗是人人驚
政策衝磅，閣定定提牛肉共咱哖
食袂離，予鬼掠

註：做囡仔時，有讀過一首囡仔歌：「行頭前，予虎咬一爿；行中央，予狗咬尻川；行後壁，予鬼掠。」主詞、情境、作者皆不明。佇著愛交陳胤老師的作業，煞提來仿擬人生的過程，抑是各種人情世事，成一首詩。

夏曙

蟬聲叫得夏天發懶
茂盛的林子升起曙色的煙
草蟲無韻律唧唧
落下一滴綠水
水面彈起漣漪
大蝸牛緩步磚紅矮牆
沿路長出青苔
暈黃的光慢慢延伸
掛在樟樹枝上
掛在松鼠蓬蓬的尾溜上
跳走

謝辭

感謝心臟
賜予我善良的心
推動循環不歇的熱血

感謝我的肺
在吸收這麼多髒汙焦油之後
仍能相信世界的清新
你是最棒的！

感謝肝膽
分泌消化善液

讓我勇於嘗試，支持我
解除生命的毒

也感謝腸胃
雖然法國來的你總是罷工
但如同社會絕無完美，至少
你總能在我厭惡的人前　放屁

感謝我的脊椎
雖然你不夠正直，但這世道
哪能不學會急轉彎呢？

感謝大腦
雖然你總是想得太多

而且常常找不到使用說明
但我依然愛你，沒有你我不會成功

感謝雙手
幸好你們長得不一樣（笑）
即便已鮮少握筆
但還是打字的默契夥伴

感謝嘴巴
除了舌尖酥軟的美味
也時不時跨界
舔吻另一對唇

感謝眼睛

教我分清世間的顏色不只黑白
但你最近老了不少，等等
帶一桶冰淇淋　給你

最後感謝腳
讓我可以上台
讓我在難過的時候
可以逃跑

所有的器官都認真工作
吃東西、流汗、大便，或是努力睡覺
他們都比我勤奮
也許我該讓出領導權
才怪

衆聲絮語

001

我們悄悄談論著。
輕盈的腳步聲或嘀嘀咕咕送氣
紙張摩擦、金屬碰撞與一長響的手機鬧鈴雜入
娃娃的童言童語。我們低低地交談
在每個聲響爆出的瞬間
對話，關於裝幀花俏的隔鄰
饕客游移、挑剔的味蕾，而黑白的
豐滿的內在，吸引了多少眼睛
就食。

你聽，那細細的聲響是啃囓紙張的磨動
挑食的蝴蝶幼蟲各自佔據某一科屬的文字
在靜謐的世界緩緩長大
緩緩蛻皮及羽化

851.486

散落在文字海域的列島
演化成爲獨一無二的品系
孤獨的幼蟲趨向花朵，反覆咀嚼
各色美麗的修辭，提取記憶
和理想中的自己，在蛹殼中　對話
那儀式的節奏如鳳蝶在陽光下拍擊
寶藍而豐滿的鱗列，奐然成序

855

座標上的大陸是時間沉積物
厚薄不均的食草葉片，簡單而柔軟
每一隻若蟲都帶著哲學家的思索
進食、停頓，輕輕撥轉著聚光燈
觀察，光與影的戲耍
反覆吐出的絲線，紀錄足跡每一步
像保存良好的綠色下午，有黃粉蝶飛過

857.7

次大陸保有多樣複雜的地形
眾多特化的部族，如蛺蝶歧異
在羽化之前，先長著蒙太奇複眼

搜尋各色奇異的果實，以及深藏的
沉默的種籽，反芻各種可能
「在很久很久以前……」
對話的過程如羽化般，變態而迷人

999

就闔起冊頁，抖落時間
讓各行列的眾聲絮語成為蠕動的熱量
打散　重構，結成思考的蛹
等待進化成形
等待伸展琉金的眼紋，起舞
文字的大樹收納著蜜源開花時的聲響
任由蝴蝶們吸食

即便在最嚴酷的冬天，焦慮紛飛
森林裡孕育各種微型的世界
安然棲身，靜謐的一方

第十三屆林榮三文學獎新詩獎佳作二〇一七

後記——居所安在

城市在光影間放大縮小，如同彈性的時間，延伸時拉得很長很大，也可以在一個眼神之前，倏忽縮回。

「光與影的微縮城市」，這個題目在就讀大學時便已迸出，也是部落格寫作年代的站名（即便連部落格網域都換過了）。彼時剛由彰化北上就讀台北大學，所見高樓、所乘捷運，都市的光暈在玻璃帷幕中發散，而縫中有影；樓越高，遮蔽的心靈角落越多，在光與影之間的轉換，詩就存在其中。於是也開始學著擘畫屬於自己的城市，用詩、用哲學，仿照前輩的節奏，一篇一篇慢慢搭建起來。隔一間客廳，擺下沙發，煮點咖啡，再放上幾個香氛瓶子，居然也能夠邀請眾人來參觀作客了。

首先要感謝允元，在都市的入口大道留下指標。高中時期開始嘗試寫詩，但無非是抒發不知何來的感傷，描繪具現化的情緒樣貌。大學期間加入文藝社（雖然我多半是三峽校區的幽靈社員），允元推薦了好些詩人、詩集，協助修改生澀的作品，讓文字慢慢朝詩的方向長去。從此「要轉化」這三字眞經，始終是城市的最高指導原則。

接著感謝陳大爲老師，大學的新詩課程擘畫了城市的主要幹道，讓詩在題材與形式之中，安心地找到居所。管管的荷塘就在商禽的監獄外邊，洛夫走上金龍禪寺時，山路旁是瘂弦的深淵。當我需要去找夏宇談心，巷弄裡的酒吧是尋訪的起點，而沿街櫥窗裡，正分別展示陳克華的器官與他的濕黏（噢，這也可以是唐捐）。也許在睡前閱讀羅智成，在黑色的夢中等待寶寶，來，念一首詩。

最後感謝向陽老師，在城市裡留下廣場及鐘樓。老師在研究所時期指導詩的後設閱讀、專題研究，儼然立著鐘樓的廣場，匯聚生活軸線而能豁然開闊。當然還有諸位文學路途的良師益友，以及在詩場景中出現的人事物。

作品收錄的跨度很長，大約從二〇〇五年—二〇一七年。沒有標註完成時間的習慣，只能從部落格去撈取，或是透過得獎記錄來決定他們個別的生日；而那些再三修改的作品，更是不知如何去定義完成日期。但他們值得一個歸屬。即便有些作品稍嫌青澀，或是偏向靈感隨筆，但這些文字仍是城市中的一份子。逐漸淡化模糊的創作場景雖然已經無法重建，但氣味仍在，引向每個傷感的黑洞，月正圓的夜晚。

上一個階段的城市已經建構完成，安然自處，但我也必須動身離開了。歷史順著光與影慢慢走來，而下個十年的藍圖仍未畫就，會不會和文字一起流落荒野，茫然無所依呢？選在日光運行未及的角落，躲在小小的書桌下，驚懼。

二〇一八年六月　寫於鹿港馨文齋

國家圖書館出版品預行編目(CIP)資料

光與影的微縮城市 / 吳建樑著. -- 初版. --
臺北市：前衛, 2019.04
面；15×21公分
ISBN 978-957-801-875-4(平裝)

851.486　　108003819

光與影的微縮城市

詩　　人　吳建樑
責任編輯　楊佩穎
核　　對　吳建樑、陳學祈、楊佩穎
美術編輯　Nico
封面設計　朱疋
出版贊助　國|藝|會 NCAF

出 版 者　前衛出版社
地　　址 | 10468 台北市中山區農安街153號4樓之3
電　　話 | 02-25865708
傳　　眞 | 02-25863758
郵撥帳號 | 05625551
業務信箱 | a4791@ms15.hinet.net
投稿信箱 | avanguardbook@gmail.com
官方網站 | http://www.avanguard.com.tw
出版總監　林文欽
法律顧問　南國春秋法律事務所

經 銷 商　紅螞蟻圖書有限公司
地　　址 | 11494 台北市內湖區舊宗路二段121巷19號
電　　話 | 02-27953656 | 傳　　眞 | 02-27954100

出版日期　2019年4月初版一刷
定　　價　新台幣380元

Printed in Taiwan　ISBN 978-957-801-875-4